U0035693

新世紀叢書
當代重要思潮・人文心靈・宗教・社會文化關懷

遠藤周作短篇小說集

たんぺんしょうせつしゅう

作者◎遠藤周作
譯者◎林水福

遠藤周作短篇小說集

【目錄】本書總頁數共304頁

導讀

遠藤文學的太陽與衛星

林水福

本書收錄的短篇小說，皆與遠藤周作的宗教信仰和療養生活有關。

遠藤一輩子以宗教為主題創作小說，很長一段時間思考基督宗教在日本紮根的問題。對於明治時代的思想家、宗教家內村鑑三強調聖經中的「父性」──對於犯錯的孩子嚴加處罰，不輕易寬恕──部分，遠藤認為有礙基督宗教的傳播，因此，特別強調聖經另一面的「母性」──孩子犯錯時給予安慰，幫孩子在父親面前講話，取得寬恕、原諒──部分。

一九六九年一月發表於《新潮》雜誌的〈母親〉，是將日本人在宗教中追求的精神志向「母性」，與自身對母親的懷念、憧憬，和信仰的軌跡重疊的傑作。末尾部分「……在日本隱匿的天主教徒中，不知何時他們拋棄了不合適的規條，把它轉變成純日本式的宗教之本質──即對母親的思慕。那時，我也想起自己的母親，而母親灰色的影子也正在我身旁，不是拉小提琴的姿態，也不是捏著念珠的姿態，而是站著兩手交叉胸前，用微帶哀傷的眼神注視著我。」

〈母親〉是將人物描寫與宗教信仰問題融合為一的傑作。

與八哥有關的有兩篇，即〈男人與八哥〉和〈四十歲的男人〉。兩篇裡出現的八哥，與其他短篇中出現的狗，所代表的意義，不只是動物形象的鳥與狗，而是雙重或多重形象的重疊與融合。

一九六〇年遠藤過著長期住院的療養生活，翌年，肺部動過兩次手術失敗後，遠藤買了八哥飼養。深夜醒過來，在黑暗中注視著八哥，而八哥也歪著頭看他，宛如信徒對神父告解般。有的晚上八哥扮演神父的角色，有的晚上八哥是遠藤信仰動搖、疑惑的唯一傾訴者。第三次手術成功，總算把遠藤從鬼門關召回，然而等到他回到病房時，發現八哥已死，因此，遠藤直覺認為八哥是替他而死的。尤其是〈男人與八哥〉中，遠藤藉著飼養八哥過程，運用諷刺筆調，描繪人性的自私和自己信仰的動搖，也隱約透露出遠藤獨特的「母性宗教」觀。

〈雜樹林中的醫院〉係〈我・拋棄了的・女人〉的試作之一，但兩者之間揭示的理念、思想顯然不同，筆調當然不同。〈我・拋棄了的・女人〉中，作者重點擺在森田蜜身上，透過她平凡卻坎坷的一生，道出真正的愛是什麼？無瑕的愛是什麼？最後，她到達了凡人無可企及的崇高境界。作品中對神職人員修女並無責難之意。而〈雜樹林中的醫院〉中，顯然作者並未安排明顯的主角，而是以「病房」為故事的舞臺，以諷刺手法描繪人的自私與不必要的炫耀心理，從而呼籲人應分擔他人的痛苦與悲傷。對病房的管理者——修女，有所針砭。作者反諷的手法跟芥川龍之介的〈手巾〉有點類似。

遠藤童年時代非自願的受洗，在往後的人生當中，有好幾次甚至想拋棄它。〈歸鄉〉與〈大病房〉表面上素材雖然不同，但追尋母性基督的痛苦步履則一。〈歸鄉〉的最後一段：

走出十六號館，耀眼的陽光照射到我的眼睛。我忍耐著輕微的暈眩，從巴士和高中生之間穿過，妹妹還呆呆地站在剛才的樹蔭下。我感到疲倦，可是同時也意識到自己的襪子已緊緊地黏在腳底上了。

最後一句，「襪子已緊緊地黏在腳底上了」，並非只是單純的表面上的事實描寫，它的背後透露出主角對自己的信仰，經過一番追尋、掙扎之後，儘管感覺上並不那麼舒服，但是他知道無論如何是拋棄不了的；在看似無奈的語氣中，透露出堅定而執著的訊息。

〈童話〉與〈我的東西〉同為遠藤描繪信仰生活動搖不安的作品。尤其是〈我的東西〉中，透露出作者受洗的動機和經過，對非自由意志下選擇的信仰的痛苦，有鮮活而確切的描述。〈童話〉中背叛母親的烏鴉，到了〈我的東西〉中的勝呂，為了不想背叛母親，因此違背父意選擇別的女人為妻，理由是「不是因為喜歡才選擇她，而是因為懦弱才和她結婚的」。如果將兩篇作品一起閱讀，或許會產生主角的感情從父親轉移到母親身上的感覺，事實上遠藤想表達的是他從父性轉移到母性的宗教觀。

遠藤短篇小說的素材常取材自自己的私生活，但絕非「私小說」。素材不能與作品畫上等號，讀者參考年表，即可看出哪些是事實，哪些是加以改造的。再者，有些素材或似曾相識，但仔細閱讀可發現作者想要表達的主題不同，寫作手法也不一！由此可以瞭解遠藤創作的軌跡以及從短篇發展成為長篇的過程與經營的苦心。

遠藤周作曾談到他自己的長篇與短篇之間的關係，他說：「我寫短篇小說往往是長篇小說的伏線，或者是長篇小說的試作。如果長篇小說是太陽，那麼它前後的短篇小說就是環繞太陽的幾個衛星。」

太陽固然燦爛奪目，而環繞太陽的幾個衛星亦各擅勝場，值得瀏覽。以整個遠藤周作太陽系文學而言，太陽與衛星皆為構成分子，不容忽略。

1 童話

從前，在滿洲和大連街上住著許多日本人。還有日本人建的醫院、公所和小學。

在那所小學三年級同學當中，有一個綽號叫「烏鴉」的少年。皮膚黑得像牛蒡，上課時將身子縮得小小的；可是，一到下課時間，就伸長脖子在教室裡晃來晃去，還發出怪聲喧鬧不已。因此，同學們為他取了「烏鴉」的綽號。

烏鴉的父親在「滿鐵」（滿洲鐵路局）工作，家屬就住在滿鐵附近街上的正中間。俄人在帝政時代建設的大連，附有暖爐或壁爐煙囪的住宅，井然有序地排列著。為了紀念日俄戰爭的勝利，在以將軍名字為名的大街或廣場上，整齊地種著洋槐大樹和白楊。滿人的老公公就在枝葉茂密的洋槐樹蔭下，放下鳥籠，邊喝茶邊聽小鳥的啼叫。苦力們工作告一段落後在這兒睡午覺，也在這樹下吃紅棗、啃饅頭。學校放學後，烏鴉並不馬上回家，常蹲在老公公或苦力們的身旁，以垂涎欲滴的眼神注視著他們吃東西的樣子。

某年秋天的一個黃昏，烏鴉帶了三、四個朋友來，爬上煙囪突出的屋頂，望著天空喧鬧。烏鴉六歲的妹妹在庭院中叫著：

「哥哥，你在做什麼？」

少年們回答：

「我們是來看老公的。女孩子閃到那邊去。」

和兩天前一樣，烏鴉用紙製望遠鏡注視著逐漸暗下來的天空。在寂靜的黃昏裡，媽媽帶著妹妹去買做晚飯的菜，家中、庭院裡，還有隔壁的俄人家中，都靜悄悄地。而烏鴉在屋頂上灰色的天空中，突然看到一張蓄著長鬍子的老公公的臉。那是他從未見過的老公公的臉。

烏鴉到學校後把這件事說給同學們聽。說過好多次之後，不知從哪次開始，他添油加醋加上了：老公公唸著「釣鯛船上不吃飯」的咒文。說著說著，連他自己也半信半疑地相信老公公真的這麼說。

因此，那天朋友們是為了要看老公公而到他家來的。可是，當夕陽西下，氣溫下降轉寒的時候，在逐漸暗下來的天空中，什麼也看不到，大家開始發牢騷生氣了，罵烏鴉「大騙子」！

「呸！」

同學們去了之後，烏鴉搖搖頭，從口袋裡掏出粉筆，在仍殘留著幾道夕陽光芒的隔壁俄人圍牆上寫著「釣鯛船上不吃飯」。他嘀咕著：我的確看過老公公的臉。他知道同學們不懂得這咒文的祕密而自鳴得意。他有點遺憾著地加上「倒過來唸」。

大連的日本人把日本本土稱作「內地」。烏鴉是在大連出生、長大的，對內地一無所知。他也跟其他的小孩一樣，有關內地的事就只有從父母親那兒聽來，或從比日本慢兩星期發行的兒童雜誌裡的插圖加以自我想像了。而，烏鴉腦中描繪的日本風景是：前方是綠色山巒迭起，眼前茶田上繫著頭巾的母親和小女孩，因為是中午時刻，正停下手頭上的工作。小女孩手上拿著藥罐，母親看著她笑。烏鴉從兒童雜誌的封面插圖發現到這奇怪的彩畫，不知為什麼，他認定那就是內地；而且還把那張畫貼在書桌前，托著腮對著那幅畫出神。妹妹要是想去碰那幅畫，他就呶嘴生氣。烏鴉從未見過這樣的風景，他所認識的大自然是比自己高兩倍的高粱和一望無際的高粱田，高粱田上如熟透的銀杏般火紅的太陽正緩緩下沉的大陸的自然景色！

不過，到了五月，大連的白楊會長出綠葉，柳樹和洋槐也會開花。無數的柳絮像棉花般在和風中，在人行道上飛舞，附在過往行人的肩上，或飛散到屋頂。白洋槐花下，馬車夫飛舞著鞭子，像驢馬的騾子發出隱隱的蹄聲，花瓣飛落到騾子背上和車夫的膝蓋上。

可是，悶熱的大陸性夏季熱風旋即吹起。無論是日本人住的街道或滿人住的地區都靜悄悄地，西公苑的林中偶爾傳來幾聲韓國烏鴉嘶啞的叫聲，苦力們在陰暗的日蔭下睡得像死人般，這就是大連的夏天。十月初，寒風吹落洋槐葉子，街上換上鉛色衣裝，開始等待寒冬和大雪的來臨。

烏鴉九歲時，陰鬱的晚秋來到大連。從那時候起，他的父母親突然常常兩人關在客廳裡，一直到深夜不知商量些什麼。父母親之間談論到分手的事。從小孩房間的窗戶看得到客廳的燈光一直開到深夜。烏鴉在睡著了的妹妹旁邊，黝黑的臉從棉被中鑽出，睜大眼睛遠望著客廳的燈光，有時會聽到父親尖銳的聲音和母親的啜泣聲。烏鴉用睡衣的袖子掩著鼻子鑽入被窩中，用手指塞住耳朵。深夜，爭吵結束後，夫婦走過小孩的房間時，母親以哭腫的眼偷瞧把臉埋入棉被中的小孩，站在背後的父親兩手交叉在胸前，一副生氣的樣子。

「小孩都用手指塞住耳朵，好可憐呀！真是太可憐了。……把小孩弄成這樣子你不覺得心疼嗎？」

「糊塗！在小孩面前不該說這些話！」

烏鴉微睜開眼睛偷看母親和父親，他是故意裝睡的。

從那時候起，烏鴉又在學校胡言亂語了。休息時間在教室裡東晃西晃，說什麼在大連神社附近的人家發現叫「嗨！嗨！」的狗；在西公苑中發現閃閃發光的礦石，說不定是黃金。上課時，老師說的話一個字也沒聽進去，反而胡思亂想，因此他的話題綿綿不絕。從學校回家途中，還煞有介事地帶了朋友，毫無目的地一小時、兩小時地到處尋找那隻狗；在公苑裡撿起石頭又丟掉，在重複的動作中，在夕靄裡，他對自己的謊言都半信半疑起來了。而被他帶得團團轉的朋友們最後累壞了說：

「我要回去了，因為天氣變冷了。」

「再找一下吧！我想這次一定能找到的。」

他這麼回答。說實話，烏鴉只想延長回家的時間罷了。在這時刻，烏鴉和母親，在夕陽西下的家中像化石般一動也不動想著事。平常對不做習題而在庭院中或小孩房間裡吵鬧的烏鴉總會叱責的；可是，現在即使是微弱的陽光逐漸從庭院中退出，她還是默默地坐在屋子裡。

因此，即使同學們丟下他回去之後，烏鴉仍然故意繞遠路回家。習慣地用粉筆屑在寒冷的每戶人家的圍牆上塗鴉：「在釣鯛船上不吃飯」，或者是看老俄人在洋槐葉子上掉落滿地的街上賣廉價的聖畫或紀念章。這個老人一到午後，常在烏鴉家附近出現。圍在紅眼瞼、戴著褐色帽子的老人身旁，只有兩、三個滿人和兩、三個日本小孩。

「而，基督經常、經常，」老人用污髒的手帕擤鼻涕，發出很大的聲音，邊擦著眼屎邊說。「和大家一起、和大家一起玩。各位寒冷的時候或悲傷的時候，祂都知道。」

話一說完，枯葉又被風吹落。老人突然露出卑賤的表情硬要推銷紀念章和小聖畫。滿人們露出輕蔑的笑容搖搖手，日本小孩們則大聲喧囂著。烏鴉跑了幾步後停下來，看到老人脹紅著臉揚起拳頭時，他說：

「炒麵，阿門！」

然後，一溜煙逃走了。

「阿勉，到港口看船去吧！」

某個星期日的午後，父親突然邀烏鴉同去看船。烏鴉以恐懼的眼神仰望父親，然後瞄了一下後面的母親。母親表情僵硬，默默地擦拭著餐桌。

「看船呀！阿勉。」

四天前感冒了的烏鴉，露出像喝漱口藥水般的痛苦表情，手指伸入綁在頸上的髒繃帶。

「怎麼樣？不想去嗎？」

「好！」

他用微弱的聲音回答，點點頭，又瞄了一下母親，然後站起來。

星期日午後，龍捲風把十字路口的紙屑和垃圾捲向鉛色的天空。夜市場裡排列在人行道上的小吃攤的帳篷發出啪嗒啪嗒的聲音，滿人在吊著的野雞和豬頭下吆喝，空氣中充滿著大蒜和油煙味。狹窄的街道上有很多日本人走著，烏鴉看著挨了父母親的罵還邊走邊往小吃攤偷瞄的日本小孩。

「要不要買什麼呢？」父親看到烏鴉那樣子，討好似地把手放在他的肩膀上說：

「你說過想要小孩用的照相機吧！是叫什麼名字？是東鄉照相機嗎？」

烏鴉覺得父親放在肩上的手好重，好重！

「我不要！」

「為什麼？」

「因為我不去遠足了……那早就過去了。」

烏鴉在撒謊。他在思索著剛才繃著臉、默默地擦拭著餐桌的母親的模樣。

「是這樣子啊！」

父親用陰鬱的眼光俯視小孩，用手指搔著頭髮，突然像拋棄什麼似地邁開了步子。

碼頭很冷，有風吹著。遠處點著燈的燈臺發出亮光，有浮油的波浪拍打著碼頭。苦力扛著水泥包走過去。在這黑海遙遠的前方就是日本。

「船出現了。」

高個子的父親，兩手插入上衣的口袋裡，注視著往燈臺附近的貨船。

「船很有趣。你想不想搭呢？」

烏鴉搖搖頭。

「船很有趣喲。」

父親看著黑海和貨船，好像說給自己聽似地小聲說著。然後拍拍褲上的灰塵。

「走！去買小孩用的照相機。」

看到父親陰鬱的眼神，這次烏鴉沒有搖頭。像剛才一樣，烏鴉還在想著黃昏時刻，在房間裡動也不動像化石般母親的模樣。如果非傷害一方不可的話，烏鴉不知要選擇哪邊才好？在回家的路上，他默默地從滿人的店裡買了黑色箱型的照相機。

父親回家後並沒對誰說為什麼要買照相機，而，烏鴉也沒把照相機拿給母親或妹妹看。父親和兒子好像鬧翻臉似地，在玄關彼此避開眼光，各自回到自己的房間。烏鴉把照相機悄悄地放入他的百寶箱中，那裡面裝著有少年雜誌和已壞了的手錶，以及遠足時撿回來的石頭。

「和父親去了哪裡？到底去哪裡？」

過了一會兒，母親走入小孩房間，逮住烏鴉嚴厲地詢問：「真的沒跟什麼人碰面嗎？爸爸真的沒跟什麼人碰面嗎？」

那時，他從母親嚴厲的表情，第一次看到跟以往不同的母親的另一種臉。他看到的不是母親，而是別的女人的臉。

可是，照相機的事沒兩、三天就被母親發現了。烏鴉不在家時被妹妹找出來的。

「這是從哪裡來的？」

站在母親後面的妹妹，以有點不好意思，卻又有點高興的眼光看著照相機。

「是借來的。」

「是借來的，為什麼又藏起來？」

「可是……我……」

「說謊話，買這東西想要用它來籠絡小孩……騙得了誰？」

烏鴉被母親打了，被打得臉頰燒燙，他兩手掩臉在房裡的角落哭泣。黃昏時刻，房裡暗下來，眼淚已不再流了，可是還繼續發出唏——唏——的啜泣聲。這時，妹妹躡手躡腳地走過來，以滿是好奇的眼光，發出討好的聲音說：

「哥哥！對不起嘛！」

「妳，還有媽媽……反正女的我都討厭！」烏鴉大叫。「女的都討厭！」

一到十月，冬天的腳步就到了大連街上。這個時候馬車走過因冷空氣而乾硬的路上，會發出尖銳的馬蹄聲，而戴著大手套的滿洲人在鍋中邊炒著天津栗子，邊叫賣的也是這時候。

在這季節，大連的小孩們撿拾白楊落葉中大且韌的莖，用來對打。讓兩邊的莖纏在一起用力拉時，莖沒斷的算贏。狡猾的小孩在白楊莖中穿入鐵絲，因為，無論是多麼硬韌的莖也贏不了穿了鐵絲的莖。

烏鴉為了讓自己收集的白楊葉子強韌，試過不少方法。塗蠟，還有在熱水中煮過。最後，他對朋友說某天他發現到一種新方法，要是用那方法在白楊莖上加工，就天下無敵了。

「阿勉！教教我吧！」

下課休息時間大家圍到烏鴉身旁，七嘴八舌地喧嚷著。烏鴉伸長附在黑臉上的脖子，眼睛東張西望，露出一副得意的臉孔，搖搖手叫著祕密、祕密。只有自己知道這方法，他感到很高興。

不過，烏鴉只把祕密告訴一個人，是名叫橫溝的好朋友。烏鴉想出的祕方是：把白楊葉埋在土裡，每天在土上灑幾次尿。橫溝把這方法洩漏給別的同學，別的同學又告訴了其他的小孩。沒多久，連學校的大塚老師也知道了這件事，在教室裡對大家說：

「自己想出來的，這是阿勉同學了不起的地方。不過嘛！從衛生上考慮，不要再繼續做下去。」

烏鴉受到老師誇獎，臉紅紅的，不好意思地搔搔頭。

從那時候，母親開始常去乃木町祈禱師的老太婆家裡。老太婆是拜狐問吉凶的，母親去那裡是為了問丈夫的事。
她只帶烏鴉到祈禱師家裡去過一次。裡面瀰漫著舊榻榻米和廁所的臭味，拉門上框的形式可能是仿照舊雜誌附錄上的吧！掛著的穿軍服的天皇陛下和皇后陛下的照片已泛黃了。老太婆笑嘻嘻地摸摸烏鴉的頭，給他黏黏的煎餅；然後，她的雙眼集中在某一點上，表情嚴肅地點上神龕上的燈。
在老太婆冗長的祈禱之間，烏鴉在母親背後怯怯地注視著她，老太婆口中唸唸有詞，有時上下激烈地揮動合起來的雙掌。
「太太！妳不小心是不行的。」
老太婆露出可怕的表情，直瞪著烏鴉。母親若無其事地問：
「哎呀！是怎麼回事呢？」
「妳先生想搶這個孩子呀！而且，這個孩子好像也靠不住。」
「哎呀！哎呀！」母親又裝糊塗。「這是不吉利的。」
因此，在回家路上母親突然停住腳步，抱緊烏鴉的身體說：
「勉！不要忘了，你是媽媽的孩子。勉是靠媽媽這邊的喲！」
「哦……」烏鴉疲倦地點點頭。
「我、知、道、的。」
「你不明白的，勉！」

「啊……。好煩！」

烏鴉故意打哈欠，以憂鬱的表情眺望著在道路前方擴展開來的天空。天空是陰沉沉的。大連冬天的前驅——「三寒四溫」的日子可能會持續一陣子吧！不知為什麼，烏鴉想和妹妹、爸爸、媽媽分開，一個人在陰暗的天空下，灰色的路上不停地走下去。

十月底，初雪下了。苦力拿著用抹布纏著的鐵絲到日本人住宅街打掃暖爐或壁爐的煙囪。阿媽從倉庫把煤炭搬到屋子裡。黑色的粉屑掉落在只下一晚就停止的積雪上。烏鴉堆雪做雪人，但他沒有內地小孩有的木炭，於是拿小煤炭當眼睛和嘴巴。

「哥哥！雪人的臉彎曲了！」

穿著膠鞋的妹妹，哈著氣說。

「不過，他的臉像極了阿門先生呀！」

「妳怎麼知道？」

「有一次我禮拜天上教會玩時看過呀！」

烏鴉想起把粗劣不堪的聖畫和紀念章排在人行道上販賣的老俄人。小孩子譏笑他，老人會脹紅著臉把拳頭揮向小孩，不過，被妹妹這麼一說，再看看雪人的臉，的確像老人賣的聖畫上的阿門先生。

初雪之後，微暖的日子持續了幾天。冷三天、暖四天的所謂大陸性三寒四溫的氣候開始了，重複幾次之後就到了零下十度、十五度的嚴冬。雪人被壁爐的煙燻得變小、變黑、變髒了！

星期日的下午，父親又邀烏鴉和妹妹去散步。這次，不是一個人，是和妹妹一起，烏鴉稍微放心了些。可是，他仍然和那天一樣，邊穿上外套過默默地偷瞄母親那繃得緊緊的臉。

父親去到玄關時，母親偷偷地對小孩說：「不要跟丟了，無論爸爸怎麼說，要一直跟在他後面。」

在名叫大廣場街的中心和繁華街的浪速町的交叉地方，新開了一家販賣漂亮的蘇俄糖果的店。日本人和俄人的家族在茶炊（Camobap）飲茶，吃著夾有葡萄乾的餅乾。父親帶著烏鴉和妹妹坐在火燒得很旺的暖爐旁邊，烏鴉用湯匙把冰淇淋送入口中時，想起單獨在家的母親。

「咦？怎麼不吃呢？」

「我不喜歡這個。」

「勉！自己叫的怎麼又不吃了！」父親沉下臉來，「不可以這麼任性。阿幸，妳連哥哥的也一起吃了吧！像哥哥這麼任性的小孩真是沒辦法。」

妹妹斜眼看了烏鴉，把他的冰淇淋移到自己的前面來。

「啊！對了！對了！」父親突然抬起滿布紅絲的眼睛看了一下壁上的時鐘，用手指猛抓頭髮。

「爸爸不能不去工作。你們就自己回去吧！」

出門時和母親的約定，在烏鴉心中形成沉重的壓力。要是只有他們兩人回去的話，母親眉宇之間可能又聚滿痛苦的皺紋，像化石般默默地坐著吧！看到那樣子，烏鴉會覺得好難過。

「怎麼了，兩個人會回去吧？」

烏鴉用鞋尖擦著滴到地板上的白色冰淇淋，默不吭聲。

「算了！算了！」父親突然親切地說。「不用擔心了。還是一起回去吧！」

走出店外，空氣好冷。在大廣場已枯萎的草坪上殘雪猶泛著綠光；等待著客人光顧的馬車夫的喇叭，發出讓人心寒的聲音。烏鴉在高興之餘，不禁哼起：

「小鳥呀，矮個子的小鳥短又小喲……」

「這是什麼歌？」

「爸爸！這是學校正流行的歌，大家都在唱呢。很奇怪吧！」

「哦！阿勉，其實……」父親邊走邊深深地嘆了一口氣。烏鴉注視著父親的嘆氣在冷空氣中變成白霧。

「其實媽媽可能有事要回內地一趟。」

然後，父子三人吐著白色的呼吸，默默地繼續走下去。

「爸爸留在大連。而，」父親故意加大嗓門，他的聲音有點激動。「阿幸是女孩子，和媽媽一起回內地……阿勉和爸爸一起住吧？」

前方的白楊樹梢，有一片葉子還緊緊地附著，緊緊地、緊緊地附在樹上。為什麼它要進入我的世界？是想讓我撒謊？烏鴉心裡想著。

「阿幸不可以一起留在這裡嗎？」

其實烏鴉真正想問的是媽媽不可以留在大連嗎？可是，他知道這麼問會讓爸爸感到為難，因此他借用了妹妹的名字。父親已察覺到他的意圖，回答他：

「阿幸還小，不在媽媽身旁會寂寞的。對不對，阿幸？」

「我要和媽媽在一起。」

妹妹點點頭撒嬌似地抓著父親的手。烏鴉打從心裡覺得，故意裝得什麼都不知道的父親好狡猾。

「阿勉嘛，馬上就要念初中了，轉校的話，成績退步就糟了。所以還是跟爸爸一起比較好？……你好好考慮一下！」

那一夜，客廳的燈不知亮到幾點，從小孩房間又聽到已有一陣子沒聽到的父親的尖銳吼聲和母親的啜泣聲。烏鴉用手指塞住耳朵。

在日本人住宅的倉庫裡抓到了偷煤炭的小偷，是四十歲左右的滿洲人。聽說小偷把煤炭裝入袋子時，被毫不知情的歐巴桑正要打開倉庫門時發現了，歐巴桑用大屁股把門頂住，兩手用力按著和倉庫相對的圍牆，大聲喊人來。

在警察來到之前，已有許多日本人和滿洲人圍攏過來了。烏鴉也拚全力跑到遭小偷的那家去，然後，把黑得像牛蒡的臉鑽到人群的最前面，專注地看警察用繩子綁小偷的手。那滿洲人的個子很高，還留著鬍鬚，身材看來很強壯，可是卻站得筆直，一點也不反抗。

小偷被抓到大連神社附近的派出所。小孩們緊跟在人群後面，一路喧嚷著。他們從派出所後面的窗戶偷偷地探身往裡瞧，看到在鋪著榻榻米的小房間裡有兩個日本警察正輪流對小偷拳打腳踢。當同伴在打的時候，另一個就把手放在火爐上烤乘機休息。烏鴉突然害怕起來，趕緊回家了。

玄關前，母親呆立著。

「大塚伯伯那兒遭小偷了呀！」烏鴉喘著氣說。

「那種事不用再說了！」母親表情嚴肅地回答。

「爸爸剛剛偷偷出去了，你現在馬上去跟蹤他。看看他跟誰見面，要仔細瞧！」

脖子上被纏了一條圍巾，被媽媽推出去似地走出門外。從家裡往廣場的灰色路上，很奇怪的沒有半個人影。可是，到了路的盡頭，在下坡處烏鴉發現到連外套也沒穿，把兩手插入口袋裡邁著大步往前走的父親的細小背影。烏鴉用牙齒咬著圍巾追了上去。

「小孩！要不要搭？」

一輛空馬車停在他後面，車夫叫他。就在這之間他把父親跟丟了。

在剛才父親所在的斜坡上有陽光照射著，陽光中三、四個苦力蹲著抽菸。

「勉！」

不知從哪裡跑出來的，烏鴉聽到背後父親的聲音。

「怎麼了？」

「……」

「哦！是媽媽要你這麼做的？」然後，父親無奈地注視著孩子。「真是麻煩！」

烏鴉把臉埋在被唾液弄得濕黏黏的衣襟裡嘆息。比起父親，他更想哭。

「勉！爸爸要和媽媽分開。你現在還不懂；我們處得不好，你跟爸爸一起住好嗎？」

「為什麼？」烏鴉強忍著奪眶而出的眼淚，臉脹得紅紅的，「為什麼？為什麼？我討厭這樣子！」

「所以我現在不是跟你說嗎？」父親狼狽地大聲起來了。「我要好好栽培你，我不希望你以後像我這麼痛苦。我打算讓幸子由媽媽栽培，而你由爸爸栽培。」

那時，烏鴉的眼睛眨也沒眨一下一直注視著父親一張一闔的嘴唇。生平第一次覺得自己撒的謊別有「滋味」，不知為什麼也感覺到父親的謊言更可悲、更悽慘。在黃昏的斜坡路上兩人相對著，好像從幾百年前起，在大連寒冬空氣中，父子就以現在的姿勢相對而立著。

「不是這樣的，爸爸……」突然，父親露出動物似的陰鬱的眼神。「爸爸好寂寞！好冷呀！希望你在身旁呀！」

啊！這又是謊話。然而，寒冷這個字卻開始攻擊烏鴉最脆弱的部位。一直注視著自己的不是父親的眼，而是大人哀求的眼，動搖了烏鴉的心，也撕裂了烏鴉的心。

「留下來好嗎？」

「噢！」

烏鴉從衣領深處發出既不是嘆息也不是答應的細小聲音。那是他背叛了母親的聲音。父親先進入家裡後，烏鴉一直站在玄關前。他和父親的約定很快就會傳入媽媽耳中吧！今晚客廳的燈會一直亮著。到深夜都會聽到母親知道烏鴉背叛她之後的啜泣聲吧！烏鴉背叛了母親。

（在釣鯛船上不吃飯）

烏鴉搓搓手，解開外套和褲子的釦子，在圍牆後的殘雪上撒了一泡尿，因尿而塌下的雪就像夏天吃的檸檬冰那樣被染成黃色。在天色已暗的庭院中，融化了的雪人倒下來了，樣子很難看，那是妹妹說的像阿門先生的雪人。烏鴉想起在十字路口上，老俄人用污髒的手帕擦著鼻子和眼睛時所說的話。

「基督永遠和大家在一起，和大家一起遊玩。大家寒冷的時候，悲哀的時候、祂都知道。」

真的知道嗎？真的知道嗎？烏鴉用鞋子踢雪人，意猶未盡地還用粉筆在圍牆上寫了好幾遍：在釣鯛船上不吃飯。倒過來唸！倒過來唸！倒過來唸！

2 六天的旅行

「料亭」①的泉水裡有許多鯉魚，當舅舅和料亭服務生在談話時，我和妻從宴客室走向夜晚的庭院中。大樹環繞的水池裡，有無數的鮮魚成群地游來游去。一條碩大的黑鯉魚旁，有幾尾小鯉魚圍繞著，有的互相摩擦身體，有的把身子彎曲，有時候還用力過猛，從水中跳出水面，那樣子就像鮭魚群為了產卵溯流而上。

「聽說你要把媽媽寫到小說裡。」

在這城市當大學教授的舅舅，笨拙地邊挾著河魚肉邊問。

「不是現在，老早以前就覺得非把媽媽寫到小說裡不可。不過……」我的臉頰上泛起徵求舅舅同意的微笑，「牽涉的人很多，他們還活著，所以還不能寫。」

「是噢！你媽媽是個個性很強烈的女性，我們做弟弟的，從她那兒學到良多東西，但也受到不少傷害，甚至於不知和她絕交多少次呢！真是搞不懂她。」

「不過，媽媽的確是一個真正過著屬於自己生活方式的女性，不像我這樣，散散漫漫的。」

一個常常掠過腦海的記憶，又再湧現。那是三十年前，大連的冬天。冰柱掛在窗上，我躺在床上，母親在我面前，不厭其煩地拉著小提琴，屋內已昏暗，但母親還沒有點燈的意思；同樣的旋律，前後重複地拉了幾十次也不嫌累——兩小時前就看到母親的下顎和頸子已經淤血變紅了，指尖也滲出血來；儘管如此，她還不罷休，叫也不應，那時，我甚至覺得有點恐怖。

「我不是那種個性的人。」

「我和老大也不是那樣的，」舅舅苦笑著說，「只有你媽媽和下面的那個姊姊是這種個性。」

「是指榮子阿姨嗎？」

對這位舅舅再上去的姊姊——也就是母親的妹妹，我還有點印象，當然，從她的姪子——我的口中說出來有點奇怪，不過在小孩的心目中，她是位很漂亮的阿姨。小時候，阿姨常帶我去看祭典，還給我買了很多餅乾糖果，回家後，卻也因此和母親起了爭吵。她後來失戀自殺了。

「聽說，是從屋島的斷崖跳下死掉的，被那種女子愛上的男人，感覺上可能就像道成寺的安珍②吧，她根本沒辦法跟一般的男性交往。」

①高級的日本料理店。

②「道成寺」屬天臺宗，位於歌山縣日高郡州邊町，亦為日本能樂「四番目物」之曲名，內容即在描述安珍與清姬傳說，大意是：莊司之女清姬愛上從奧州前往熊本參拜的修行僧安珍，並向其告白，安珍嚇得連夜搭船渡過日高川，逃到道成寺求救，寺方將其藏匿至大鐘裡。清姬追趕而至，化為大蛇纏住大鐘，鐘落壓死安珍（一說為清姬的怨念之火燒死了安珍）。大鐘在數百年後重鑄，清姬的怨靈（俗稱白拍子）回到寺內作亂，僧人與之鬥法，最終白拍子被自身的怨念之火燒滅，墜入日高川。

我也同意舅舅的說法，不只是阿姨的情人，連和父親一樣是來自鄉下的東大生亦然，對上野音樂學校小提琴科的女學生而言，感覺上可說是高不可攀的；而父親，一個鄉下出身的大學生，又怎會跟母親談戀愛呢？這點我真不明白；是否這位期待走安全「柏油路」的男士結婚後，受不了母親那種激烈的個性呢？後來，父親把「平凡是最幸福的，什麼也沒發生就是最快樂的。」這句話當成口頭禪，那是和母親一起生活過才體悟出來的。被母親連累十年的男士離婚後，為了要忘記與母親的過去種種，尋求踏實樸素的人生——什麼都不要發生，平平淡淡的。因此，當我立志往文學之路發展時，他固執地反對，就是因為他在自己兒子的身上，又看到了母親的影子，令他大為不快之故。現在我終於明白父親為什麼要拋棄母親；即使是我，身為丈夫，也無法和像母親那種女人一起生活。話雖如此，我仍然憎恨著父親，恐怕一輩子都無法釋懷。

「你父親還好嗎？我們已好久沒見面了。」

「應該還好吧，老早就和他絕交了。」

「咦？」舅舅似乎嚇了一跳，放下已送到嘴邊的酒杯望著我。

我做出曖昧的笑容，看著身旁的妻，她也為難似地笑笑，妻是一個與母親完全兩樣的女人，在這次旅行中，她老打電話給在東京念小學的兒子，我大概和父親所期待的那種女孩結了婚吧，但為什麼就是無法原諒他呢？連我自己也搞不清楚，但卻明確地知道：對於母親，我有一股無可抗拒的眷戀。

「我似乎可以瞭解父親大學時愛戀母親的心情，卻不懂母親何以會愛上父親那樣的男人？」

「那樣的男人？」對自己的父親下那麼冷酷的批評，舅舅以責備的口吻說：「像你這般無趣的小孩，你媽媽還不是照樣愛著你！」

「確實如此！」我有點為自己感到可恥，把自己父親當成陌生人，隔著一定的距離去瞭解他、批判他，一談到母親就將她美化，如此一來，即使資料再齊全，也無法把她寫到小說中！

「舅舅，就您所知，媽她談了幾次戀愛？」

「大概三次吧！第一次我不太清楚，不過，你父親和另一個人的故事，倒是知道一些，大約是我念高一時開始的吧。」

「聽說母親是因為家人反對和父親結婚，才離家出走的，真有這回事？」

「你媽媽離家出走，這並不是第一次。她要去念音樂學校遭家人反對時，就曾離家過。」

舅父和母親生長在岡山縣笠岡市，一個嚴肅的醫生家，母親在岡山女子高中畢業後，想就讀上野音樂學校，但是祖父和祖母都反對；女高畢業後，過了半年，突然失蹤了，後來聽說是為了賺學費，跑到東京當女傭，這是母親生前，我從她口中聽來的。

「第二次離家出走是住在大哥那裡的時候。當時你媽住在老大夫婦家，有一天突然不見了，我們都知道她會去那裡；當我們趕到你那念東大的父親的宿舍時，兩人已經在一起同居了。」

「好呀！」我有點驕傲地回望看妻，「像那樣的母親，我真有點自豪！」

「可是，她若是妳婆婆的話……，妳就有苦頭吃了！」

「第三次的戀愛……，對象是誰？」

我好像聊得太起勁了，舅舅的臉沉了下來。「我能說嗎？說出那種事……，你不會反感嗎？」

「為什麼？您知道母親以前的祕密嗎？」

「我擔心說了會破壞你心目中的印象，好！那我就說吧！對象是你父親的哥哥。」

「啊？！」我大吃一驚！這件事我到現在都不知道，我沒見過父親的哥哥，聽說，外語學校畢業後去巴西，在亞馬遜內地開拓事業，後來行蹤不明……

「是那個去巴西的伯父嗎？」

「是。你媽媽本來還打算跟去巴西的，不過，後來放棄了，因為有些內情。」

「我父親知道這件事嗎？」

「知道。」

把「平凡是最幸福的，對人而言，什麼也沒發生才是最快樂的。」當作口頭禪的父親，那修長的臉和細小謹慎的雙眼，又浮現眼前；現在從舅舅口中知道這件事，我才領會那句話的含意。

「伯父為什麼要去巴西？」

「可能覺得對不起你父親吧！不！最重要的可能是像安珍想避開清姬的心理也說不定。我的姊姊們，當她們愛一個男人時，經常都是這個樣子；你母親也太沒分寸了，只要愛上了，不管什麼障礙都想超越。」

「嗯，可是，被愛上的男人會受不了的。」

我說出和母親一起生活的回憶：母親和父親離異，從大連回到神戶之後的五年，只有母親和我相依為命；母親選擇天主教信仰作為自己的生活方式，在那五年中，她要我也受洗，每天早上，不管有什麼理由，都要我參加早上的彌撒。一、二月的大清早，當其他小孩還躲在暖烘烘的被窩時，我已和母親冒著黑暗，在結冰的路上走了半小時，去參加清晨的彌撒；寒冷的教會裡，一個法國神父主持彌撒，除了我們母子之外，只有兩個老太婆在祈禱，這對一個懶惰的十二歲少年而言，是相當辛苦的日課，可是母親絕不允許我偷懶。

「是的，她們身旁的男人都會受不了。」

「可是，舅舅還不是照樣喜歡我媽媽？」

「是的，我現在仍然很懷念她。」

那晚和妻回到旅館，上床後，我第一次問她：

「對我媽媽，妳有什麼感覺？」

妻從未見過母親，因為在我們結婚兩年前，母親就去世了。

「媽媽的生活方式，我很喜歡，但是，我做不到。」

「為什麼？」

「因為那樣的生活方式，對某些人來說，或許是幸福；但是，對旁人的傷害太大了，我還是無法忍受的。」

也許是喝了酒的關係，我的眼前有個火團似的東西晃動著，而母親身上也有像火焰般燃燒的東西——無論是誰，只要碰上，都會在人生中留下痕跡；有的像父親那般被灼傷，被燒成灰炭；也有的把自己燒得火紅，變成了另外一個人。

第二天在火車上，繼續構思著以母親為主角的小說情節；不過，一時之間仍寫不出。在她交往過的人當中，有幾個連舅父也不認識，而他們都還活著；況且，當我立志要當小說家時，父親便禁止我寫自己和家裡的事，既已和父親約定了，就算現在和他斷絕關係，我也不能寫。

火車在從福岡往長崎的海岸上飛馳著，下雨的海面上，白色的波浪泛起泡沫，遠遠望見適合夏季居住的「簡易小屋」和連綿無盡的防風林。

「這一帶風好大啊！」妻說。「所有的樹枝都朝這邊彎呢！」

如妻所說，矮枝幹的松樹，樹身都彎向與海相反的方向，樹幹和葉片，都被白色的灰塵和沙子弄髒了。有輛卡車停在濕漉漉的海濱，兩、三個男人正在淘沙。

「這松樹林，就和碰到我媽媽的人們一樣……」

如昨夜妻的喃喃自語：媽，會給周遭的人幸福或傷害；至少，她那像火焰般的東西，會在對方的人生留下痕跡，要是那個人不認識她，或許他的人生又不一樣，如同飄著雨的冬風，改變了這些松樹的方向，而母親也改變了周遭人們的生命方向。

「真是的！真是的！」我搖著頭自言自語地說，妻和我一樣，不可能接受那樣的生活方式。

長久以來，我一直思索著：一個人對另一個人的命運產生了決定性的改變，到底是功德還是罪過呢？也許這是母親的生活方式所帶來影響，我雖然身為小說家，但是到目前為止，我還是喜歡過著一般人的生活，可能也是由於這個緣故吧。

在長崎辦妥事情，搭飛機去大阪；將直接回東京的計畫延後兩天，為了讓妻看看自己少年時代，和母親住過的家和環境，臨時決定繞到大阪去；此外，也想弄明白三天前舅舅說過的母親的第三個情人——父親的哥哥——的事情。他的孩子住在大阪，身為弟弟的我和他幾乎沒有來往，特別是和父親絕交之後，變得如同陌路人。

不知隔了幾年，現在的阪神③和我少年時代所見的完全不一樣，最嚴重的是後面的六甲山脈遭受迫害，已開始露出白色的山肌，和東京一樣，這兒的建築商也用推土機到處亂挖。

母親住過的家，仍在原來的地方，但已不復從前的樣子了。原本是空地的地方，如今並列著整齊劃一的公寓住宅，舊時的松樹林被砍掉了，取而代之的是市場、電動玩真店和醫院，唯一沒變的是道路。

「那時，我每天早上都走這條路，」我向妻說明：「到教會去。」

母親早我一個小時起床，裝束好後，就在自己房裡捏念珠祈禱。從我的寢室，可以看到母親房間窗上的燈光和她祈禱的身影，我嘆口氣，慢吞吞地換衣服，然後下樓去。在冬天，與其說是早上，還不如說是夜晚，走在外面的路上，霜都還凍著，天主教教會就在從那兒步行三十分鐘的地方。一路上，母親幾乎不說一句話，專注地祈禱著，我在睡意中掙扎著，好不容易走到教會，裡面悄然無聲，有時打起瞌睡來，母親就用堅硬的手肘碰我，在燭光照射下，壁上反射出法國神父跪在祭壇的影子；星期日有很多的信徒會到教會裡來，可是，參加彌撒的，除了我們母子倆外，就只有照顧神父起居的老太婆了。

「很辛苦吧！」妻笑著對我說。

「從現在的你身上，真看不出能夠起得那麼早。」「那真是很難過的喲……」

不過，說也奇怪，那時我的信仰很虔誠，還曾認真考慮過將來要當神父，現在可不同了，當然，或許那只是少年時代一時的衝動或感傷罷了；但至少那時母親想灌輸我一個觀念——這世界上至高無上的是「聖的」世界。母親把以往在男人身上得不到的完全的愛，轉向對神的祈求，開始研究宗教音樂；她在幾所天主教女校教音樂，生活上是不會有什麼問題的，於是把精神集中到研究聖歌〈聖額我略〉④；有時帶我到大阪或神戶聽音樂會，歸途，母親經常輕蔑地說：「那樣的技術！那些人根本沒搞懂最重要的部分。」談到她所尊敬的音樂家，就只有任教於音樂學校，曾教過她的幸田露伴的妹妹——安藤幸一個人而已。

「你看！」我指著附近一帶的房子，裡頭有幾間老舊的住屋，對妻說：「也許妳不相信，那一家，還有這一家，都因母親的關係，變成教徒。」

我們住在這裡時，附近大約只有二十戶人家，都是從這裡到神戶或大阪上班的中等薪水階級，他們的妻子剛開始時，都以懷疑和好奇的眼光，看我們母子倆每天一大早上教會去。不久，有一位婦人帶她的女兒來，從此之後，跟左鄰右舍一家一家地開始有了來往，過了一陣子，她們便同母親到教會去，兩、三年後就受洗了，接下來，她們的丈夫中，也有要求介紹認識神父的；母親為了向他們宣揚天主教，賣命地東奔西跑，當然，這並不容易。母親去世時，其中，有人專程從東京趕來的，而葬禮完畢，他們還自願加入送柩到墓地的親戚行列中。

「這些人當中，有三個已經去世了。」

「那就到墓地去拜祭一下吧！」妻說：「你小時候可能受了他們不少的照顧呢！」

③指大阪神戶地區。

④古典宗教音樂名。聖額我略，本為人名。由其所創之特殊唱法，故以其名為之。

天主教墓園就在當時我去的教會附近。我認為妻說得很有道理。三十年前，我們母子頭頂著星星，清晨走在上教會的路上，兩側住宅緊密地並列著。法國神父一人屈著孤獨的身子，主持仍維持著原狀的彌撒和墓地。我把母親葬在東京天主教墓地，因此並不在這裡，但那位法國神父和由母親帶到教會的三個人，都長眠於此。

墓地的正中央有著並不很好看的露德⑤聖母像，以那兒為中心的木板和石頭的墓碑並列著。小龍捲風在墓地的角落團團轉，把四周的塵埃颳到空中飛舞。我先在法國神父的墓前合掌，然後站在U先生和K先生兩對夫婦的墓前。

「這墓地的主人像父親般地疼愛我。」

「哦！」

K先生生前是山下汽船公司的職員，他的墓碑上刻著受洗的名字伯多祿。起初，他是連太太上教會都會大怒的人，不過，後來太太受洗，和母親連袂在星期天做彌撒時，U先生有時也跟去。五年前，這對夫婦接連去世，喪妻的他在給我的回信中說：「要是令堂不住這附近，我和內人可能過著不同的人生了！」

望著發黑的花岡石墓地，我突然想起信中的那一句話。前天看到的海岸防風林，受到風吹而改變了方向的松林。母親不只是改變了U先生夫婦和K先生的人生方向，也改變了這兒許多人的人生方向，使他們的心朝向我也信仰的主。而他們的子女中，有以神學留學生的身分到歐洲留學的，也有成為Trappists修道院修女的（我對妻之外的人，是產生不了那麼大的影響力）。

那天下午，決定去拜訪伯父的遺族。

「突然去拜訪，會不會惹人討厭？」妻擔心著說。我搖搖頭：「沒辦法，無論如何，我想看看媽在他人身上留下的痕跡。」

我從旅館打電話給伯父的兒子耕一，毫不生疏地稱他耕一。其實我應該稱呼他耕一先生⑥。我對這位堂弟沒有任何血緣上的親切感和懷念之情，可以說素未謀面。

「為什麼會變成這樣呢？」

「為什麼？因為父親老早之前，開始有意無意地疏遠那一家人。事實上，並不是有意無意的，我現在總算明白了其中的道理。」

接電話的不是耕一，而是他太太。嘶啞的聲音讓我想到黑黑的臉，和脖子上包紮著髒繃帶的女人。

「他住院了。」

「住院了？」

⑤法國南部庇里牛斯山區小鎮，是天主教有名的巡禮地。一八五八年二月十一日聖母顯靈，對當時十四歲的貧窮女孩說：「我無原罪。」至六月十六日為止，出現十八次。因顯靈而出現的泉水治癒多人眼疾，因而成為巡禮地。

⑥稱耕一先生，表示「陌生」。

「因為胸部有點問題。」

問明地址，吩咐妻買了一籃水果就到大阪市南端去。接近黃昏時刻，奈良的街道上，在夕陽照射下的卡車和自用車，如蝸牛爬行，真急死人。計程車司機頻頻分辯說，很少發生這麼擁擠的現象。

耕一住在牆壁微髒的私人醫院二樓，從那兒聽得到小孩在外邊路上唱歌的聲音。堂弟對我的突然拜訪吃了一驚，抬起浮腫而蒼白的臉，不管我怎麼說要他躺著，就是不肯。聽到他用低沉的聲音問：「偶爾回大阪嗎？」讓我想起在話筒中，他太太嘶啞而無光澤的聲音。我回答：「不，很少回來。」耕一沉默下來，注視著我帶去的水果。

「伯父去世幾年了？」

「三十年了。」

「那時耕一還很小吧！遺體最後也沒找到？」

「沒有。聽說是喝了酒跑進原始林裡。」

伯父不管周遭的人怎麼勸，就是戒不了酒。依耕一所說，那酒也不是上等酒，聽說他晚年還酗起當地人喝的土產烈酒，把胃完全弄壞了。而那天也是醉醺醺地進入原始林，可能因此迷了路，到死為止都沒回過日本。聽說伯父一直都說不想回來。

「不管媽媽說過多少次請他回日本，爸爸就是堅持不回來。」

我偷偷看了一下耕一帶黃的臉，但是他的表情沒有特殊的變化。耕一似乎不知道自己父親和我母親的事。怎麼說呢？那是因為伯父去到那裡之後，和當時在聖保羅日本人所經營的料理店當女服務生的伯母結婚之故。

道了聲「請多保重」之後，走出逐漸暗了下來的病房。盤坐在病床上的耕一，兩手放在膝上，鬆了一口氣似地彎下細小的頸子。而我差點撞上迎面而來，準備送飯菜到病房的護士。

並沒有可靠的訊息能夠證明一定是這樣；不過，走下充滿甲酚臭味的陰暗樓梯，我心裡描繪著一個因為母親而遭遇到不幸的面孔。男子在巴西喝酒，說無論如何也不回去弟媳所在的日本，最後在原始林中失蹤了。當然，或許這不是因為母親的緣故，可是，如同沒有確實的證據可以證明一定是這樣，同樣地，也沒有確實的證據可以證明一定不是這樣。即使不是，要是沒有母親，伯父也不會到巴西去吧！或許結婚後幸福地度過晚年，而且，他的兒子耕一也不必經營瀕臨破產的飲食店，可以好好地念完大學，當個白領階級。風還是把這棵樹給吹歪了，使它的樹枝朝向某個方向。從屋島斷崖跳下的榮子阿姨的男人，現在過得怎麼樣呢？母親是那種女人的姊姊！被母親那麼深愛的伯父，不可能在心中未曾留下任何痕跡的。

第二天是星期天，我們夫婦倆到那教會參加彌撒。這座在妻的眼中看來，有著哥德式的尖塔和十字架的普通教會，在牆壁上和庭院裡的夾竹桃，卻刻劃著我少年時代的種種回憶。我曾在冬天的早上，呵著快凍僵的手，推開聖堂的門；而躲著母親偷偷打瞌睡的祈禱席也依然如昔，所不同的是：在祭壇上彎著身子主持彌撒的外國神父，他那瘦小的身影，被年輕的日本神父取代了。還有擠得滿滿的信徒們，唱著母親所喜愛的〈葛利果〉聖歌，其中有我不認識的臉孔，和不認識我的人，以及學生和少女們。有帶著小孩的薪水階級夫婦；甚至還摻雜著穿著自衛隊制服的隊員。我在人群中尋找認識的臉孔。

的確還有認識的人在這兒，但我疏忽了，沒想到正如自己年紀已增加了一樣，他們也成為老先生和老太太了。他們拜受聖體閉著眼回到自己座位時，我好不容易才認出T先生、N先生和N先生的太太。那時候他們都比現在年輕，而第一次帶他們來這教會的，正是我母親。

「啊！」

N先生的太太在彌撒完之後，抬起頭來，看見站在自己面前的我時，把那有著很多皺紋的臉都笑歪了。接著，T先生、K先生馬上圍在我的四周，有的拍拍我的肩，有的伸出手來。

「大家都在看電視喲！只要是你出現的節目，我們都看。」N先生的太太握著紅著臉的我的手，故意讓大家聽得見似地大聲說。

「要是你母親能活到看你上電視就好了，真的，要是能夠那該多好！」

參加合唱的學生和少女們，遠遠地微笑看著我。我想從T先生和N先生已經衰老的臉上——那腫起的眼皮和多皺紋的臉頰上，找出母親留下的痕跡。把基督的光引導到這些人心中的不是別人，正是我的母親。

回東京後大約過了半個月，有一天，開車經過澀谷，來到「上通」附近，車前鏡被細雨淋濕，我擔心路滑，於是減速慢慢地開下「道玄坂」。看到一位戴著呢帽的老人，在雨霧中，落寞地攔下計程車，啊，那是父親！絕交後從未有過和他說話、看看他面貌的念頭，這五年來，他瘦得很厲害，肩膀處更單薄了。一時，內心湧起憐憫之情（除了憐憫之外，我沒有其他任何感情）。為了壓碎那感情，我猛踩油門。車子駛過站在人行道旁的父親身邊，那一瞬間，我看得很清楚那戴著呢帽的身軀，但，馬上就消失了。

3
手指

《聖經》中有兩個與手指有關的故事，其一是長年以來，為「血漏」所苦的女子的故事。女子住在加里肋亞湖畔，儘管看過許多醫生，也花了很多錢，病情卻一直沒有起色。失去了一切的這個女子，對任何事都感到絕望，孤單地生活著。

那時候，耶穌來到這湖畔。祂從湖畔的村子，繞到另一個村子，幫助窮人，安慰悲慘的人。而這個女子雖然也聽到有關耶穌的傳聞，可是她一點也不相信耶穌會治好她的病。

某日黃昏，載著耶穌的小船來到了她住的村子。受到好奇心的驅使，她也混在人群中，走下夕陽高照的湖岸。耶穌被許多人團團圍住，她的視線越過這些人的肩上，好不容易才看到耶穌那瘦小的身體和疲憊的倦容。

當耶穌開始移動腳步準備離開時，女子心中突然浮上一個念頭：或許祂能治好我的病，或許祂能使我恢復往日的健康。

連向耶穌打招呼的勇氣都沒有的她，當祂從身旁經過時，膽怯地用手指輕輕碰了一下耶穌的衣服。

耶穌回過頭來。

「剛剛碰了一下我衣服的人是誰呢？」

女子感到不安，默不哼聲。圍住耶穌的弟子們笑著回答。

「是誰碰到我的呢？這個人一定在這裡。」

沒有人回答。耶穌搖搖頭。這時，祂的眼光和這女子的眼光相接觸，一眼看到她那悲傷的眼神，耶穌什麼都明白了。

「不必再受苦了。」耶穌自言自語地說。「妳已經不用再受苦了。」

這個故事在〈路加福音〉和〈馬太福音〉裡都記載著。內容雖然相同，不過，我較喜歡文字簡潔的〈馬太福音〉，已經讀過無數次了。

另一個故事是弟子多默的故事。耶穌死後，發生了令人無法相信的事。祂的屍體突然從棺墓中消失，甚且復活的耶穌，還在幾個門人面前出現，對這些欲捨棄老師而四下分散的懦弱門人說話。門人們連滾帶爬地把這些事告訴別人。聽了這故事的人都覺得太懸奇而感到茫茫然，但是其中有一個叫多默的人卻嘲笑說：

「我才不相信！」

目擊者仍以堅定的語氣繼續說著他們看到耶穌的事。

「我不相信！」多默固執地搖搖頭。「要是讓我親眼看到祂手上的釘痕，或者是讓我的手指放入祂的傷口，我就相信。」

八天後的夜晚，多默和其他門人聚集到某間房子。雖然門戶緊閉著，可是總覺得背後有人似的，大家回過頭來一看，是耶穌！

「來吧！」耶穌感傷地說。「你可以把手指放在我這隻手的傷口上。或者想摸摸我被矛刺穿的腋下也行。我要你相信，而且還要你不只眼見為信，更希望你不見也能相信。」

多默隨即哭出來。

「主啊！我的主啊！」

這個故事我也讀了無數次，每次重讀時，腦海裡都浮現出這兩個故事中的兩隻手指。

在我的想像中，第一個故事裡的女子的手指，應該是病人般呈青白色，像蠟燭似的。她用那瘦弱的手指膽怯地摸了一下被人群包圍的耶穌衣角。相對地，第二個故事裡，固執地對夥伴們搖頭的多默的手指，應該是粗短而意志堅強的樣子。我想正因為多默有著粗壯的手指，所以到最後還不相信耶穌的復活，甚至於口出不遜。然而我自己的手指呢？既不像觸摸耶穌衣服的女子手指，也不像另一個毫不掩飾自己感情的多默的手指那樣粗壯。我的手指很細，但並不挺直。而這既不挺直也不粗壯的手指，在多年的歲月裡，卻也寫了幾部小說。

有人建議到羅馬去。這是某宗教團體和日本的電視臺共同的企劃，希望訪問教宗。因為單獨訪問教宗是史無前例的，所以這企劃到實現為止，經過了相當的時日，到復活節之前，總算收到教皇廳寄來的同意書。

「你準備問些什麼呢？」

我問同行的S。S和我一樣，是小說家也是信徒。要是能見到教皇，我有許多問題想請教他，諸如，您不覺得辛苦嗎？坐上這象徵著拯救人類的椅子上，不是一般人所能勝任的，您為什麼要接受這麼辛苦的職位呢？而當夜深人靜，您一個人獨處時，又想些什麼呢？

「恐怕什麼話都談不成。」S搖搖頭。「雖說是單獨會見，但也是公式化的，可能只有五分鐘的時間罷了！我們講一些無關痛癢的話也就差不多了。」

我點點頭。心想要是教皇廳知道我想問教皇的問題，或許會拒絕我們的訪問。這麼一想，對這次訪問的興致遞減。

不過我們還是搭機飛向羅馬。晴空萬里無雲，看得到眼下閃爍著無數針樣光芒的大海，和褐色的大地。我打打瞌睡，看看書，手中的書是十六世紀南蠻①傳教士所用的日本語教科書。有一課的內容是日本信徒的懺悔。照理說，神父聽了信徒的懺悔後，絕不會洩漏出去的，而為什麼這本書卻打破了這種約定呢？

作懺悔的這位男子，姓名來歷皆不明，不過，多念了幾頁後，讀者就能瞭解他的身分不高、生活也不富裕，似乎很喜歡喝酒，喝酒過多後便揍太太，並和同伴們做了不好的賭注等等告白。他將自己是教徒的身分隱瞞起來，在天主教還未被禁止的時代裡，沒有向同伴說明，或許是那時的天主教徒會被人嘲笑。

曾經發生過這樣的事。「有一次朋友們指著要上教堂的天主教徒嘲笑時，自己非但沒有阻止他們，反而怕自己也會被嘲笑，因此，也指著教徒，和眾人一起嘲笑。」

機內空中小姐為了紓解乘客的無聊，開始準備放映電影。我閉上眼，但是眼前彷彿看到三百年前的這個男子的臉，他和我很相似。恐怕是他向神父做了幾次這種可恥的告白後，一輩子仍然反覆犯同樣的錯誤吧！我也是這樣。人脆弱的性格，無論怎樣都改變不了。他和我

①從室町時代到江戶時代，指在東南亞的殖民者——葡萄牙人和西班牙人。

住的世界，與我現在要去謁見的教皇的世界，是太不相同了。

復活節前的羅馬，充滿了朝聖者的觀光客，我和先出發的M碰頭，和廣播電臺的人員打過招呼後，散步在阿曼特花剛開放的羅馬街上，到處都是日本旅客，他們搭乘的巴士，在市區順著觀光路線一站接一站地行駛下去。

我知道在這個都市裡，曾有兩個和那位男子同一時代的日本人，越過千山萬水來到這裡留學。其中一人名叫羅瑪諾岐部，是出生於豐後浦邊的，他隻身從澳門出發，經過耶路撒冷，輾轉來到羅馬，當了神父。另外一個是特瑪斯荒木，出生地不明，也是在這裡的大神學校，以優異的成績晉升為神父。走在羅馬的舊內街，想起這兩個日本留學生不也走過這裡嗎？可是我未去尋訪他們應該拜訪過的卡達淵部，和聖母教堂，反而在這貝涅特街的噪音中，隨著四月的陽光滲入的小屋裡，反覆讀著那個男子的懺悔錄。

謁見教皇是復活節的前一天，那天，教皇為從各地趕來的朝聖者祈福。儀式完了之後，才在教皇廳的一室接見我們。

早上九點，我們到達教皇廳的大禮堂時，已經擠滿了有五千名左右的男子。各朝聖團之前，豎有各國國旗，一眼可知是哪個國家。我們被安排在最前列的位置，有從日本來的天主教信徒共二十人左右，手放在膝上，靜肅地坐著。

突然，人群中起了一陣騷動。穿著純白色衣服的教宗，坐在由四位男子抬的轎上，從大禮堂後面出現。坐最前列的我，離轎子及教宗的白色衣服太遠了，以至於看不清楚。轎子時時停下來，教宗有時舉起一隻手來為群眾祝福，有時彎下身子，把手放在媽媽抱著的嬰孩頭上。

剛開始時，我只看到宛如在波浪裡搖擺的轎子，和白色衣服。不久，我看到教皇替人們祝福，豎起食指畫十字。我突然想起《聖經》中有關手指的兩個故事。教宗的手太白了，連他的食指映入我眼中也覺得是白的。那手指和膽怯怯地觸摸耶穌的患血漏女孩的手指不同，也異於強硬地向同伴們否定耶穌復活的多默的手指。而我的手指既不直也不粗壯，就和三百年前，傳教士們打破了規約拿來當日語教材的卑下男人的手指相似。

儀式結束，只有我們由教皇廳的人引導，通過靜肅的大理石走廊，來到一間肅穆而微暗的房間。房間內只有教宗坐的高背椅子，其他什麼裝飾也沒有。

「要說些什麼呢？」

同樣的問題，我又問了兩手交叉在胸前，臉上有點緊張的S。

「什麼都坦率地說就行了。」S似乎已定下心來似地回答。「那是對他最尊敬的表現。」

我也這麼認為，可是我覺得自己不靈光的外語，在短時間內可能什麼都說不出來。心想問些：您是不是很辛苦呢？我覺得坐上這象徵著拯救世人的座位，不是人們所能忍受的。可是您又為什麼要接受這麼辛苦的差事呢？

從寂然的走廊傳來腳步聲，房間內突然靜下來。門打開了，頭上戴著圓形紅帽的兩位大主教進來，後面全身被白色衣服包住，個子很高的人慢慢地進入室內，這就是教宗。他的臉很削瘦，滿副倦怠的模樣，好像背負著重物的奴隸，一步一步蹣跚地走近我們身邊，然後和剛才一樣，豎起食指為我們畫十字。對我們說了些話，那聲音像病人似的極為微弱。

「說不定教宗是犧牲！」

那一夜在內街的一家小吃店吃飯時，S突然對我說。

「怎麼說呢？」

「你想想，」S稍微猶疑了一下之後，下定決心似地：「以我們來看，罪過最深的行為就是當教宗吧！不管怎樣，非要有人當不可。人，有時候是需要把某人當犧牲的。我覺得教宗是深知這道理而接受這職位的。」

或許在那教皇廳微暗的房間，對於教宗，S和我有著相同的印象，比如，背負著重擔拖著蹣跚的腳步，走入室內，以倦極了的眼神看著我們，舉起勞累不堪的手，用白而瘦小的手指賜福給我們。

飯後走出小吃店，和S散步在狹窄的石子路上。家家戶戶的紅色牆壁上，反射著角燈青白色的燈光。有一個濃妝而肥胖的女子斜靠在壁上，向微醉的我打招呼。

鐘聲不知從何處開始響起，因為明天是復活節，羅馬的所有教會，這時都允許信徒禮拜的。我們走了一陣子，看到四、五人，像一家人似地登上十字路旁的教會石階。我和S感到好奇，就跟著他們進入教會，看到點著很多蠟燭的大禮拜堂內，有十個男女跪著，似乎都是鄉下人，穿著粗糙的衣服，一臉憨厚的樣子。

「那個女子也來了耶！」

S用手肘碰了我一下，回過頭來看，剛才向我叫客的那位女子若無其事地靠近祈禱席，合起雙手。在蠟燭的火焰繚繞中，可看見抱著年幼耶穌的聖母像。她向那聖母像拚命地祈禱，沒有人回過頭來，似乎誰都沒察覺到她是什麼樣的女人。

「這就是西歐的天主教。」

走出教會時S對我說。

「這樣子也好。」

「這……」我也點點頭。「也不錯！」

一邊是疲憊不堪的教宗在為群眾祈禱；而另一邊則是要向我們賣春的風塵女郎，晚上一個人在教會向聖母祈禱。S所說的「這就是天主教」這句話的意思，我似乎也明白了。

復活節的晚上，在古時候基督徒們被野獸生吃的羅馬競技場遺跡，舉行盛大的野外彌撒。因為是教宗親自主持的，所以，那夜也有無數的朝聖者聚集到遺跡來。電臺的職員們拍攝這彌撒。我又到那家小吃店吃飯，說是為了吃飯，事實上是想去看看那個女子，是否還站在街燈照射著的淒涼石子路上。和上次一樣紅色牆壁的住家，被污水弄濕了的路，顯得好長好長，小廣場上只有噴水發出的聲音，但是小路上看不到那位女子。

復活節過後，羅馬突然變成春天。白天手上拿著上衣和照相機的觀光客，聚集到西班牙廣場和破船噴泉來。

「這個國家的天主教有點迷信的味道。」

研究神學擔任攝影隊口譯的日本留學生嘲笑地說。看到在豔陽高照的晌午時分，還整整齊齊地穿著黑色服裝，有時用白色手帕擦擦汗的他，我想起三百年前，在這裡留學且很認真學習的羅瑪諾岐部和特瑪斯荒木的模樣。

「去過骨骸教會嗎？那裡保存著修士們的骨骸呢？鄉下教會的名堂更多呢！有拜聖人衣角的教會，在羅馬還有保存著令人噁心的多默手指的教會呢！」

「在羅馬？」

「是啊！在羅馬。」他憤慨地說。「因為像那種東西教會也會承認，所以天主教總被人認為是古舊。」

壞習慣的使然，我也同意似地點點頭。其實我內心想著那有什麼不好呢？我又想起斜靠在內街紅色牆壁的風塵女郎。

回國的前一天傍晚，我依著神學生畫給我的地圖，尋找那教會。橫過幾條不易記得的路，來到名字很難記的廣場。因為是星期日，廣場上有賣花的女郎、排列著拙劣圖畫的學生，正和觀光客交談著。有一個氣球自賣氣球的小販手中飛起，掠過向著廣場的窗子，在天空中漸飛漸遠。

教會就在廣場的盡頭。可能是因為傍晚的關係，微暗的禮拜堂內空無一人。禮拜堂內飄散著香味和跪拜者的汗臭味。祭壇兩側所裝飾著耶穌的臉，好像小吃店裡的廚師。在黑透了的大理石上有呼叫鈴，按鈴之後不久，穿著舊法衣的中年神父出現了。

知道來意後，以熟練的手法從法衣的口袋中取出觀賞券，這是要收費的。收下錢後，他突然做出嚴肅的表情引導我到禮拜堂的隔壁房間。那裡也同樣散發著香味和人的體臭，小小祭壇旁邊也擺飾著像廚師的臉的耶穌像。拿出鑲金邊的箱子，他喃喃自語，很慎重地遞到我眼前。

透過玻璃看到棉花上有灰色不明物體躺著，我不知這是否就是人的手指骨頭。

「多默？」

我問。做出很嚴肅的表情，神父深深地點頭。

「是、是，是多默！」

這已經夠了。長久以來，我一直把多默的手指想像成粗短而又意志堅強的東西，可是，眼前埋在棉花中的卻是像我，也像懺悔錄中，日本信徒的手指，呈現出莫名其妙的謊言似的形狀。也給了我對那故作恭敬狀，捧著箱子的神父同樣的印象——狡猾。可是，對這謊言似的狡猾的手指，耶穌卻說：「來吧！把那手指放在傷口上，也可以摸摸那被矛刺穿的腋下，我要你相信！」

4 歸鄉

住在長崎縣的伯父死了。聽說是倒在廁所裡死的！伯父是亡父之兄，膝下無子。妹妹說在鄉下地方舉凡婚喪紅白事親戚都得參加，何況她有一段時期還受到伯父如親父般的照顧，所以更非前往弔祭不可。

「哥哥您打算如何呢？」

「是啊！怎麼辦才好呢？」

我用右手揉著脖子猶豫不決地。伯父和我的籍貫不一樣；祖父把次子的父親給了鳥取縣的醫生當養子，因此，我們兄妹的籍貫是鳥取縣。

「讓我考慮看看！」我又用右手揉揉脖子，漫不經心地回答。「明天早上用電話回覆好了。」

「我考慮看看嘛……」妹妹瞇著眼睛，模仿我說話的語氣。「越來越像爸爸了。爸爸就是這樣，每次跟他商量什麼事情，老是說讓我考慮看看，都不馬上做決定。」

「可能是銀行職員幹久了的關係吧！處處都太小心了。」

聽到妻在庭院中斥責孩子的尖銳聲。我站起來往庭院一瞧，看到小孩手裡緊握著球，在夕陽照射的草坪正中央站得直直的。

「自己好好想想這樣是對？還是不對？」

事情的原委似乎是隔壁的小孩被年紀較大的小學生欺負，而兒子卻視若無睹，因此妻生了氣。妻最受不了這種個性的。

「我最討厭不像男孩子的小孩，好！就給我站在那裡。」

妻關上玻璃窗的聲音連二樓都聽得到，妹妹縮縮脖子。

「可能是我住太久了，嫂嫂不高興了！」

「胡說！哪有這種事？」

「嫂嫂其實心裡不喜歡我，不是嗎？」

可是，當妹妹收拾好行李，走出玄關時，又好像把剛剛的話全給忘了似的，和從廚房出來的妻相視而笑。在庭院中，被夕陽曬得全身是汗的兒子，歪著嘴巴還站著。

「喂！好了，過來吧！不要再哭了。把運動鞋脫在那兒，待會兒不要挨媽的罵了。拿過來這邊！」

幼年時代自己也有過類似的懦弱行為，所以不像妻那樣斥責兒子。孩子把脫下的帆布鞋拿到廚房和門邊。我正考慮著要不要去長崎縣，聞到兒子拿在手上的鞋臭味，知道他一定也跟我一樣是汗腳。前陣子才買給他的鞋子，腳底都已經變黑了。父親也是汗腳，因此或許這是遺傳吧！

那天晚上吃飯時，妻有點不高興。

「千惠子一個人去不就行了嗎？她受那邊的照顧很多，你的情況跟她不同呀！」

「可是，對我來說這是唯一的伯父啊！」

「到長崎的機票很貴吧！」

「伯父的事還無所謂，我想趁這個機會回去看看自己的故鄉。」

因為父親被過繼給鳥取縣的人，所以我還沒去過長崎縣。對於祖先住的是怎麼樣的村子？周圍又是怎麼樣的風景？我連一次都沒看過，所以很想去看看。可是就像妻說的，有必要花那麼貴的機票錢去嗎？

吃完飯後我回到自己的房間，妻和小孩在樓下看電視。一般說過了四十歲就是中年了，我已養成吃過晚飯馬上把自己關在房間的習慣。在房間其實也沒什麼特別的事要做，只是聽聽小收音機的棒球轉播，或者是靜靜地看圍棋書。以前，老爸大概也是這樣吧！

在我當學生的時代，父親就和現在的我一樣，吃過晚飯馬上進入自己的房間，從不和家人談天說笑。

「這樣子，人生到底有什麼意思呢？」

我和妹妹小聲地談論著，有時聽到父親上廁所的腳步聲，趕緊把話題切斷。可是，現在四十歲的自己，卻也和那時的父親一樣。妹妹剛剛說我越來越像父親，或許是真的；尤其是年輕時最討厭的他的習慣，到了中年之後卻「繼承」了。每當我察覺到這一點時，總感到很驚訝！

在昏暗的燈光下，用右手揉著脖子，看圍棋書的自己的影子，映在牆壁上。父親以前也是常這樣子的。

到長崎後住的旅館，是位於可以俯瞰街景的風頭山的半山腰。穿著棉袍走在走廊，可看到夕陽照射的港灣前方有長長的海角，港灣中停泊著油輪和貨船。映入眼底呈白色的街道上，正發出不知是車聲或生活的聲音等雜音，居然連這高地也聽得到。

「長崎中學在哪裡呢？家父在這中學念到二年級呢！」

送茶過來的女服務生，告訴我大浦天主堂的位置，我心想父親中學時代看到的長崎，該不是這麼現代化的街道吧！「請問這裡的名產是什麼？只有烏魚子跟鱉甲嗎？如果想買烏魚子，是否哪兒都買得到呢？送給東京的人或許不知道那麼珍貴吧！」

「住在這裡的我們的祖先，到底是怎麼樣的人呢？我也是繼承他們血統的一份子，但意識上卻很模糊。」

女服務生離開房間後，我從旅行包裡掏出新的襪子。在飛機上，襪子有點悶濕了。

「這裡的女服務生，該給多少小費才好呢？」

「一千塊一定夠了吧！」

「阿呆！」妹妹笑了。「哪有人給一千塊的？我看五百塊也就太多了。」

街道右邊的三菱船塢，煙囪正冒著黑煙，那方向似乎是原子彈落下的浦上。左邊山丘上的修道院，十字架發出金色的光芒。祖父是從西彼杵半島的三代田村出來，在山崎經營造園生意。

「爸爸對這裡好像沒什麼印象。在鳥取的事倒是常聽說。」

聽說跟山陽比起來，面向日本海的山陰的人，對任何事都謹慎得近乎膽怯；而，父親的個性也是如此。從吃過晚飯就躲進自己房間的父親身上，實在想像不出長崎的風景是這麼明朗。

「在同一故鄉長大，個性也不盡相同。伯父的個性就比較開朗，交際手腕也好多了。」

「處世方面也比父親精明。」

我們，還有堂兄弟們都比較喜歡伯父。印象中的伯父不但善解人意，還喜歡開玩笑。

「可是，您還記得嗎？伯父念大學時曾被抓到北白河警察局的事！真教人無法相信他也參加過學生運動。」

「只拘留一晚上吧！第二天他就保證不再參加了，還受到警察們的誇獎呢！」

這件事我並不是從伯父口中得知的，而是從已逝的祖母那兒聽來的。可能是他年輕時稍微做錯的一件事吧！在我們所瞭解的伯父身上，怎麼瞧也看不出他會做出那種事。戰時身上穿著國民服，偶爾從九州上東京時，常逗侄子們玩笑；還得意洋洋地拿出西部軍司令官給他的信讓父親看。離吃晚飯前還有些時間，我於是邀妹妹上街逛逛，可是她卻要服務生把床鋪在地板上，幫她按摩。她從先生和小孩那兒得到暫時的解脫，似乎想清靜一下的樣子。

於是我獨自到還有陽光照射的街上，可是，去哪裡才好呢？攔了輛計程車，邊打開地圖邊問原子彈爆炸的紀念碑在哪兒？就這樣被載到西坂公園。夕陽照在為紀念長崎二十六聖人而建的紀念館的牆壁上，我付了入場費後，走進剛完成不久的陰暗的館內。

除了兩個中學生在作筆記外，並沒有別的訪客。玻璃箱內陳列著禁教時代天主教徒拿的念珠和小十字架，還有被蟲咬過的禁止天主教的豎牌。那是寬永十五年的東西，用墨水寫著「抓到神父賞銀兩百塊，修士賞銀一百塊」，字跡已有點模糊難辨。

在角落的玻璃箱內有被處死的信徒的衣服。可能是百姓所穿的顏色已褪的工作服？從肩到背部還留有血跡，血跡已完全變色，變成淺褐色的污痕。我把臉靠近玻璃箱，仔細瞧了一陣子。

回到旅館，妹妹嘴巴張得大大地睡得正甜呢！沒多久，女服務生送來長崎的湯麵，並不好吃，我邊吃邊說著剛才在紀念館看到的東西。

「還有留著血跡的工作服，真令人作嘔呀！可能是被拷問，或被處死時流的血吧！」

「討厭哪！」妹妹笑著說。「像伯父在警察局裡那樣，老實一點不就好了嗎？」

用過餐後，妹妹洗完澡就又上床睡了。我坐在走廊的椅子上，用右手揉著脖子俯視街景。剛才女服務生告訴我，大浦的那一帶已全黑了，但是從出島到街心，燈光依然通明而美麗。我不知道在這兒念到初中二年級的父親是住在街的哪兒？父親的個性不像伯父那麼隨和。大學畢業後，很快就進入M財閥所屬的銀行，小心謹慎的個性是最適合當銀行員了。他常對我說：沒什麼風波是最幸福的，不要變成別人不敢相信的人。戰時父親受銀行客戶之一，和軍隊關係良好的工業公司聘為總經理；可是，並不是賞識他的才幹而聘請的，主要是看準了他小心謹慎、不敢冒險的個性。

不知從什麼時候開始，我變得不太喜歡父親。還記得那是大戰剛結束的時候，有一天正在看報的父親，突然大聲叫母親。連茶杯滾落到榻榻米上，也顧不得擦拭乾淨，滑到鼻梁上的眼鏡也沒扶正。

「我……說不定會被憲兵抓走！」

父親向母親和我指著剛才看到的報導，上面寫著駐軍下令解散財閥，對戰時該財閥幹部以上的職員，考慮驅逐出境。雖說是幹部以上，不過以我看像父親這職位的人，應該不必負責任才對；不過，那時父親驚慌失措的神態，就跟小孩一模一樣。每天晚上都聽到他到處打電話，託人看看有沒有辦法透過人情，找出安全妥當的辦法。結果，證明只不過是父親杞人憂天罷了，事情告一段落後，父親又恢復了嚴謹的表情。不要變成別人不敢相信的人——這類的口頭禪又再出現了。

每次想到父親，首先浮上心頭的是年紀大了之後洗澡時的身體，揮動著瘦弱的手，洗著肋骨根根可數的胸部。看到那無肉的胸部和細小的手臂時，不知為什麼我就想到父親的人生。

第二天，下雨。

「根據氣象報告說現在是毛毛細雨，但會轉為大雨……真令人掃興啊！」心地善良的女服務生，也不管頭髮和衣服被雨淋濕了，在玄關目送我們，直到我們的車子消失為止。如女服務生所擔心的，車子過了浦上，天氣就逐漸惡化，遠望有名的天主堂的塔，只見一片模糊的灰色。

「這一帶是原子彈落下的地方。」

妹妹只是微微回過頭。

「糟了！我忘了帶替換的襪子。司機先生，請你在哪家小商店前停一下。到三代田還要多久？」

「還需要一小時左右。」

一走出長崎的街道，被雨淋濕的果樹園的樹在風中震顫著。這一帶種了許多枇杷樹。每經過一個村子，都看得到楠木茂密的農家水溝溢出黃色的濁水。放學回家的小孩，被我們車子濺起的污水弄髒了衣服，憤恨不平地叫著。

前方的天空，烏雲密布，連山上都是一片灰色。短時間內雨大概不會停止吧！一進入山區，這一帶或許是季節來得早，山毛櫸和漆樹的新綠都已變成墨綠了。聽得到遠處雨中的鶯啼。

「我屁股好痛呀！這兒只有這一條路嗎？」

「好像沒有別的路哦！祖父和爸爸從長崎回到三代田時也都是走這條山路呀！」我從窗

戶往外眺望，「而且這是我們祖先幾代都走的路。」

從道路的兩側枝葉茂密如蓋的樹木之間，有霧氣飄過來。霧從前方的道路向底下的溪谷移動。當我們通過幾重霧幕之後，突然，看到遠處陰暗的海。海是灰色的、陰鬱的，沿著海岸有像是被壓碎了似的黑色聚落。

「是那裡嗎？」

「不，那裡叫暗崎。」司機搖搖頭。「三代田就在它的隔壁。」

到今日為止，一向對自己的故鄉毫不關心；而現在，從霧的隙縫中俯視灰色的海和被雨淋濕的聚落，我的胸口感到陣陣疼痛。和自己流著相同血液的人，多少代來一直都住在這裡。他們的臉是什麼形狀？過著怎樣的生活？既然有機會瞭解，我還是很想知道，因為我的體內也流著住在這兒的祖父和以前的祖先們的血液啊！

一進入暗崎村，就聞到一股魚腥味和爛泥巴的臭味，抱著小孩的女人站在門口注視著車子。海上波浪很大，在波浪洶湧的海面上，有一艘漁船上下晃動著在捕魚。

「在這種地方有教會嗎？」

看得到在面對著村外海上的黑色絕崖峭壁上，有裝著十字架的建築物。

「老闆！這一帶很多村子裡都有教會，由於信徒多，一到五島地方，到處都是教會呢！」

「司機先生你也是教徒嗎？」

「我呀……」司機脫下帽子，擦著額頭上的汗不好意思地笑著。「我不是教徒！」

連這裡都可以聽到海的聲音。雨中的村子極為寧靜，街上看不到行人的影子。在司機向陰暗的雜貨店打聽往伯父家的路時，我從車窗眺望著散落在背後山坡上的農家。這裡戶數比剛才的暗崎村多，感覺上生活也較富裕。看不到像被壓碎似的稻草屋頂的房子，代之而起的是瓦塊屋頂的房子。還有許多電視的天線。

「我知道了。裡面車子進不去。」

下了車，向雜貨店借了一把傘，我和妹妹往村子裡走。從種著夏橘的農家石牆上，雨像小瀑布似地灑落著，地面上都積水了。不知從哪家傳出流行歌曲。妹妹拉起裙襬登上石階，邊走邊詛咒道路的難行。

很快就找到伯父的家了。不愧是地主，跟旁邊的人家相比顯得極為豪華。從大門到玄關之間的路上，夏橘開著白花。站在玄關前穿著髒襯衫的男子，以懷疑的眼光望著我們。當我們說出是從東京來的侄兒之後，他用指尖把眼鏡抬高，注視了一會兒才說：

「從東京來的……，那真辛苦了。請上來吧！請到裡面去。」

妹妹在玄關換上新襪子時，他已進去裡面通知。

屋內散發出霉味，昏暗的走廊上擺著一臺縫紉機。在左邊的茶間裡來幫忙的兩、三個村女，把茶點裝到盤子裡，看到我們進來趕緊整妝，很客氣地點頭。由剛才的那個男子陪伴著走出來的伯母，並沒有穿著喪服，而是著平常的服裝。

「要來之前，要是先打個電話來通知一下，該多好！」

她嘀咕著。前天做法事，昨天黃昏已把屍體運到神浦的火葬場去了。

「沒幫得上忙。親戚方面，有誰來過？」

「沒有，誰也沒來。」伯母說：「都是村裡的人幫忙的。江口沒來，忠男也沒來。生前伯父、伯父叫得滿親熱的。」

「伯母！大家都為自己的事忙呀！」妹妹瞄了我一眼。「我家的小孩也還生著病呢！不過，是伯父，所以……」

「就只有妳一個人來，也燒個香吧！」伯母心情好了些，「工會的人幫了大忙。」

燒香的味道飄到走廊上。在陰暗的房間裡，像一尊尊偶像似地坐著的男子們抬起頭來看我們。伯母向大家介紹我們是從東京來的侄子。坐在最上位身穿和服的男子讓出了座位，聽說他是三代田農業工會的幹事。

在農業工會送的花圈旁邊，黑邊鏡框中的伯父微笑著。伯父習慣笑咪咪地看人，而照片上的他也是那副笑容。妹妹在我後面閉上眼睛，對著那幀遺照雙手合十時，男子們銳利的眼光一直盯著她白色的襪子。我向工會的人道謝，他們只是默默地低著頭，那種表情似乎在責備著：自己的親戚竟然連葬禮沒趕上，做法事也麻煩別人。剛才的那個男子，似乎想打開這種僵局。

「大雨中老遠從東京趕來很累吧！是第一次來的嗎？我叫松尾，在暗崎的小學服務。」

「父親過繼給人當養子。」我反覆地辯解。「所以我們兄妹的籍貫並不在這裡。」話一說完，大家又恢復沉悶的靜默。我走出房間，把奠儀拿給正在指示著村女工作的伯母，問她要不要用親戚的名義送酒或什麼給農會或工會的人。

茶間掛著伯父的獎狀和裝著各種紀念照的鏡框。伯父曾把以前西部軍司令給他的信用鏡框裱起來，興沖沖大老遠帶到東京來；看來他的這種習慣一輩子都沒變。

「先生很照顧我們的。」

不知什麼時候來到後面的松尾和我一起瞻仰伯父的遺容，很客氣地說。

「那照片是……」

「那個呀！先生提議把三代田作為駐軍的海水浴場，照片就是當時和長崎的美軍關係很密切的時候拍的。」

照片中的伯父和年輕的美軍軍官肩並肩，高舉啤酒瓶大笑著。臉頰上浮現出看人臉色的做作的笑容，他很親密地把手放在美軍軍官的肩上。依松尾說，三代田那時沒有海水浴場，伯父為了感謝長崎駐軍的好意，暑假期間招待三十個駐軍的小孩免費釣魚。聽說這消息還在長崎報紙上登過呢！

照片旁邊有張長崎獅子會頒發的獎狀。獅子會和扶輪社都是總部設在美國的親睦團體，父親去世後，我曾從上京來的伯父那兒聽到些有關獅子會的事。該會在日本各地方都設有分會，聽說除非是當地的仕紳或公司的董事長，否則還不准加入呢！伯父得意地告訴我，會員們彼此以田中獅，或山本獅稱呼。

「那伯父是否就叫和泉獅了？」

「當然啦！」他沒察覺到我臉上的苦笑，還點點頭。

「前陣子為了幫助盲人，駐軍家族還在長崎舉行慈善義賣，我們也支援了呢！」

雨，總算停了，不過還有雨水從屋簷滴下來。嫩葉的氣息從走廊旁邊飄來。

「準備在這兒停留幾天呢？要是夏天的話還可以玩水，在這鄉下地方沒什麼好玩的；這裡本來是天主教教徒為了逃避官吏耳目而住的地方。」

「這裡有教會嗎？」

我想起剛才在暗崎的海岸邊，看到建立在波濤洶湧的絕崖峭壁上的教會。

「沒有，這裡連一所教會也沒有。三代田的人都是佛教徒。暗崎或出津那兒除了天主教教徒之外，還有隱匿的天主教教徒。」

當地人所稱的隱匿的天主教教徒，指的是在禁教時代還偷偷信仰天主教的人。可是從祖父傳到兒子之間，卻逐漸脫離了本來天主教的形式。明治之後，他們當中有一半受到傳教士的勸導回歸天主教，另一半到今天為止，還堅守著祖先們傳下的宗教。

「這麼說只要到暗崎或出津，就可以見到隱匿的天主教教徒了？」

「縱使碰到了，對方的警覺性很高。還記得是什麼時候，ＮＨＫ準備到那裡攝影採訪，結果卻徒勞而返。要是五島的隱匿天主教教徒，就會很親切地回答問題，可是到那裡一天只有兩班船。至於暗崎的隱匿天主教教徒都很窮，沒有什麼採訪的價值。」
從松尾談話的口吻上看來，隱匿的天主教教徒，在這一帶似乎也遭受到有色眼光看待。妹妹幫忙準備晚飯時，我到小學老師那兒和幫忙料理葬禮的人家裡道謝。
「這是你伯父穿的木屐。」
伯母把工會、農會或村民集會時，伯父常穿的木屐拿到玄關給我。
「他是汗腳的人呀！看，還留著腳印呢！」
如伯母所說的，屐帶旁留有黑的腳趾痕跡。兩隻大拇趾的痕跡還清楚得像是用塑膠印蓋上似地。看到這個，想起父親的木屐不也有這樣的痕跡嗎？而我的木屐也是如此，就連兒子剛買的運動鞋上，也是很快就有腳印的。
「這木屐好輕呀！」
「是桐木做的！」
我的眼前又浮現出穿著這木屐常往村子的工會或村公所走動的伯父的影子。舉手到處和人打招呼、和人寒暄，受到大家尊重，滿臉得意的伯父的面孔彷彿就在眼前。
「先生很受到大家的愛戴。」
松尾在走到村子途中，又再一次稱讚伯父。雨雖然停了，但是天空仍然一片灰暗，片片烏雲緩緩地飄向海的方向。在雨後寂靜的村子裡，海浪聲比剛才聽得更清楚，空氣中還飄散著番薯臭味。濁水在番薯田之間急竄，這就是我的故鄉，長崎縣西彼杵郡、三代田村。只有一百九十戶人家，而暗崎或出津更少，聽說只有百戶左右人家。

「隱匿的天主教徒連一個都沒有嗎？」

「沒有呀！聽說三代田從前是天主教徒的村子，但是等到禁教令公布後，村民都改信佛教了。」

「為什麼呢？」

「沒什麼特別的理由吧！」松尾理所當然地說：「反正，隱匿的天主教是被禁止的！」

「我家還有和泉家都是那時候從隱匿的天主教教徒變成佛教徒的。」

「那是當然的嘛！聽說和泉先生的家，從前是當村長的，自然是第一個改變信仰的喲！也因此三代田村比其他村子的年貢少。」

「年貢減少了。這麼說是沒被拷打了？」

「誰被拷打了？」

「當時住在這裡的人呀！沒聽說過隱匿的天主教徒被拷打後更改信仰的事嗎？」

「我不知道啊！」

松尾的表情有點不高興。聽說有蛇流過來，小孩們忙著把石頭往農家的水溝扔，松尾叫著那些小孩的名字說：

「趕快回去跟媽媽說有從東京來的客人，現在要去家裡。趕快用跑的，用跑的。」

我們走過五、六家，每家的造型都一樣，在微暗的土間放著鋤頭、圓鍬，穿著工作服的女人正在做晚飯。我們訪問過的不是姓島田就是姓和泉的。
「和伯父家同姓的似乎很多哪！」
「鄉下都是這樣的。」這位小學老師笑了。「以前還都是同一血統呢！你和他們說起來也算是親戚。」
我們去拜訪一家也姓和泉的農家時，正在入浴的老人趕忙把身體遮住，從土間的後面去叫媳婦。他的身體被太陽曬得焦黑，從他肋骨根根突起的難看胸部和有點像貓背的背部，讓我想起父親的體格。
「寺那邊要不要去呢？」
「不，那兒明天早上我和妹妹一道兒去。」
我和松尾在村子裡的雜貨店道別。松尾跨上從雜貨店借來的自行車，在積水泛出亮光的黃昏路上回家了。我站在梯田式的田地上，看到剛才還是灰色的海現在已稍微變黑了，農村裡已有人點燈。就在我面前的一戶人家，從開著的窗紙門裡面，看到兩、三個小孩俯臥著在看電視。昨天經過的暗崎村，每一戶人家似乎都很窮，不過這村子的生活看來還相當富裕。從前禁（天主）教令公布後，這村子馬上就跟著更改信仰，因此得以減少年貢。我的祖先或許也在從「長崎奉行所」派來的「代官」①面前微笑著，和我剛才拜訪過的農家的祖先們一

①代官，江戶時代幕府直轄領地的地方官。

起踩過「踏繪」②吧！

仔細一想，三代田是改教者的村子，這村子的人都是懼怕受到拷問而棄教的人。父親和伯父都是在這村子出生的，因此我的體中也流著和他們同樣的血液。另外還有另一種血液或許是自己身上所沒有的，那就是在西坂公園紀念館看到的附在工作服上的血，也是在那件工作服上，從肩部到背部還殘留著的已成褐色的血。

晚飯後，出津工會的人和兩、三個女人來上香。松尾也帶了暗崎的天主教神父來。神父在伯父遺像前劃十字，伯母和松尾若無其事地看著。

「你伯父的事我很瞭解。他常到我們教會來，討論土地的事。」

五島地方出身的這位神父，與其說是神父，看來更像是個穿著黑色衣服的當地漁夫。他伸出被太陽曬黑的手拿起酒來喝，啃醃菜時發出嘖嘖的聲音。從走廊飛進來的蟲，掉在醃菜上，還聽得到遠處的哇鳴。

「聽說你想見暗崎村隱匿的天主教徒。松尾先生也來找過我，不過，這有點困難。即使見到他們，他們也是什麼都不會說的。」

「就連對神父也不說？」

「是啊！對我們天主教，反而提高警覺。我去向他們傳教，他們還說自己的宗教不同，那些人真是頑固得不像話！」

跟剛才的松尾一樣，這位神父談到隱匿的天主教徒也語帶輕視。聽說隱匿的天主教徒中，擔任神父職務的叫「爺役」，幫嬰兒洗禮的叫「水方」，主持葬禮的叫「看坊役」。復活節或聖誕節那天，大家聚集到某人家中，偷偷地唱特別的祈禱詞，他們都不上天主教教會的。

「是呀！我們已經放棄了，頑固成那樣子，簡直是無可救藥。」

我心想：要不是那麼頑固，在漫長的禁天主教期間，他們又如何能偷偷地保持自己的宗教呢？

「這裡的人，」我低下頭嘀咕著。「比較不那麼頑固吧！」

「啊！三代田的人是很通曉事理的。你伯父就是其中之一呀！」

伯父是個明理的人，剛才出津工會的人和村子裡的婦人，就在隔壁房間他的遺像前坐了好久。雖說這是鄉下的風俗，不過毫無疑問地，伯父生前也一定很努力做個不讓人討厭的人。或許這是從他懦弱的個性產生出來的護身術。父親死的時候，大家都說他是個謹守禮節的人，其實父親的個性懦弱，因此對別人、對自己都很謹慎。

神父和松尾走了之後，我進入妹妹睡的房間。妹妹從被窩中伸出半個臉來。

②江戶時代因禁教而出現的儀式，命民眾踩聖母像或耶穌像，以試驗其是否為教徒。

「回鄉下真累呀！很疲倦卻反而睡不著。」
「我的睡袍在哪裡？」
「在枕頭旁邊呀！不要摔倒了。」
關掉電燈，妹妹有一陣子沒說話，然後突然說：
「耶！你說伯父的土地，會由誰來繼承呢？」
「當然是伯母了！」
「伯母死掉後，會不會是我們的？」
黑暗中，妹妹說的「會不會是我們的」的聲音，一直在耳邊響著。
「這種事我就不知道了。」
「可是，他沒小孩呀！所以我想應該由有血統關係的我們來繼承。再怎麼說，我們是有血統關係的呀！」
「是的，是有血統關係的。」
第二天，我回到長崎的旅館時，天氣已經晴朗了。買不到回程的機票，妹妹說即使搭火車也要趕回去，似乎放心不下家裡的事。
「哥哥呢？」
「我？我想再多留一天看看。既然來了，想再多看一下。」
她買到了臥鋪票，不過離搭的火車還有些時間，我就和妹妹一起上街。下了車一看，在鬧區地方並排停著幾輛載高中生參觀旅行的遊覽車，由老師帶隊的學生們，正瀏覽著藝品店和長崎的名產——長崎蛋糕。

我們也和他們一樣逛眼鏡橋、崇福寺和荷蘭坡。無論走到哪裡，都是一些高中生和新婚的觀光客。

「真受不了，我們回去吧！這根本不是觀光，簡直是來受罪的。」

看到大浦天主堂前也是一大堆的汽車、巴士和穿著制服的學生們，妹妹索然無味地邊用手帕在胸前搧風邊嘆著氣說：

「父親生前不是提過茂木的照月亭嗎，他說那兒的魚很好吃，我們要不要去看看？」

「茂木不在長崎呀！離這兒的距離跟到三代田差不多，不搭巴士不行。」

「真掃興哪！我在樹蔭下等，哥哥你一個人進去好了。」我點點頭，站到排在天主堂前的隊伍尾端，可是前進得非常緩慢。看來像導遊的男人建議搭乘繞到十六號館的車，聽說十六號館是陳列著英人左拉巴家中東西的地方。

我買了票，進去裡面一看，只不過是在一間房裡陳列著舊家具和洋式盤碟；地下室販賣著長崎的土產。

「就只有這些嗎？」

我問站在出口處的一個女孩，女孩邊嚼著口香糖邊回答：

「這邊的房子裡還有一些隱匿的天主教徒的遺物。」

進入她告訴我的房間，裡面沒有別的觀光客。跟昨天西坂公園的紀念館一樣，只是陳列著生了鏽的紀念章和念珠。我從玻璃箱前走過，幾乎都沒停步觀賞，可是，突然間我停住了腳步。因為有一張鑲著銅牌的「踏繪」映入眼簾。

我在上野的國立博物館看過幾次「踏繪」。對我來說根本不新奇，可是，這張「踏繪」上，在鑲著銅牌的木板上，黑色趾痕依然清晰可辨。我把臉貼進玻璃箱仔細一看，顯然那是髒了的大拇趾印。踏過這張「踏繪」的百姓當中，一定有很多是汗腳的。我在心裡描繪著接二連三地落在銅牌上的腳——有若無其事地踏著的腳；還有畏畏縮縮地踏著的腳；以及站在前面，始終不敢踏下去的腳。

走出十六號館，耀眼的陽光照射到我的眼睛。我忍耐著輕微的暈眩，從巴士和高中生之間穿過，妹妹還呆呆地站在剛才的樹蔭下。我感到疲倦，可是同時也意識到自己的襪子已緊緊地黏在腳底上了。

5 雜種狗

「把這條狗給丟了吧，你一開始就知道牠是母的。」

「不，我不知道。」他拚命地搖頭。「我真的不知道呀！」

「真是傷腦筋！一直喊著是公的、是公的，我就信了。」「飯桶」（注：狗名）戴著紅色頸圈的頭一撇，愣愣地看著這對夫婦，根本不知道他們正在談論自己的事呢？十歲的兒子站在稍遠處看著兩人吵嘴。

「稔！把飯桶給扔了好嗎？」媽媽問。

「我……」兒子露出為難的表情。

「都可以呀！既然媽媽說不可以養，那也沒辦法了。」

妻不管狗或貓，反正最討厭家裡飼養動物。她說：「每次還不是我要餵飯、清理大小便，你只要摸摸牠的頭就行了。」事實雖然也是如此，不過儘管這樣，結婚十年中，妻好幾次露出厭煩的臉色，但哄哄她之後就沒事了。他一直都養著小鳥，也養過棄貓。（那隻貓在搬到現在的家時，不知逃到哪裡去了。）

飯桶要成為家中一員的問題，也非說服妻不可，還有，他的兒子也和媽媽一樣，對小動物根本不感興趣。散步途中，看到附近牛奶店養的三隻斑色和白色的小狗，從狗箱裡探出頭來撒嬌時，他也不由得蹲下來，而他的兒子卻視若無睹。

「好可愛啊！」

「是嗎？」牛奶店的老闆娘很高興地說。「生了四隻，有一隻給一位客人硬要走了！」

「我也想要啊！」

「那就抱回去好了，反正遲早要給人抱走的。」

「不要啦！」兒子拉著他的手，悄悄地說。

「媽媽會生氣的，而且，這傢伙還是雜種的！」

勝呂就因為這條小狗是雜種的，而覺得可愛。到底為什麼呢？他自己也不知道。同樣是狗，血統純正，聰明伶俐的狗，就是不合他的脾氣。他喜歡膽小、膩人的雜種狗。

「小狗的媽媽也是雜種的？」

「是啊，混有小銀狐犬的血統。」

「雜種的好，我討厭小銀狐犬。」

最後，他從箱裡的三隻，挑了一隻白色的小狗，因為牠大腿根有小小的突出物，所以以為是公的。這傢伙看來有點可憐，右眼比左眼小，而且只有右眼四周是褐色的，看起來好像戴著眼鏡。他手中的小狗睡得正香甜。

「我不管！」兒子嘆了氣說。「媽一定會罵人的。」

正如所料，那天晚上，太太就開始發牢騷，他就和平常一樣靜靜地聽著，故意裝出聽得入神的樣子，等對方講累了閉上嘴巴。

然後說：

「我啊，不像別人，又打麻將，又打高爾夫球的，而且幾乎滴酒不沾，也不玩女人。談到嗜好，什麼也沒有。（這時，他停頓了一下，很寂寞似地低下頭來）……有的話，就只有一個，養鳥和狗，難道這也不行嗎？」

勝呂的太太其實也不是脾氣那麼壞的女人，因此，聽了這話也就不再哼聲了。然後，勉勉強強地以要他自己照顧小狗為條件，答應讓他飼養。

像兒子這年齡的時候，他住在大連。家裡有一條茶色的雜種狗。剛開始也取了一個正經的名字，但後來因為太會吃了，大家就叫牠「飯桶」。

在家中，小狗最膩著脾氣好的勝呂。

在五月洋槐花開的大連街上，勝呂懶散地背著書包到學校，飯桶經常跟在他後面，途中被發現，要趕牠回去時，牠就停下來搖搖尾巴，然後又死賴皮地跟在後面。上課時，牠就躺在運動場的一個角落裡，一直等到他下課。

「這條狗混有滿洲狗的血統！」他得意地向朋友說。

「你看，牠的舌頭不但紅，還有點青呢。滿洲狗都是這樣子的。」

放學後，他再把飯桶帶回家。先把書包輕輕丟在玄關，偷溜出去不讓媽媽發現，因為要是被發現，就非寫作業不可。經常有苦力在西公苑裡的大白楊樹下睡覺，那裡的河流可以抓到鱂魚。他玩耍時，飯桶就伏在樹下，把臉趴在前腳，像媽媽似地一直守護著他。

他給新來的小狗也取名為「飯桶」，雖然毛色和臉樣兒，都與少年時代的飯桶不一樣。然食慾極其旺盛，經常吃得肚子脹得圓滾滾，這點倒是很相似。

早上醒過來後，勝呂馬上往廚房門裡瞧，在鋪著破爛舊毛毯的木箱中，飯桶像是已等了好久似地拚命搖尾巴，舉起一隻腳躺著，要勝呂替牠搔腹部。一搔著那像小乳房般的腹部時，其中的一隻腳就如抽筋般地動著。

「妳看！只有對我才這麼撒嬌。」

他得意地對太太說，可是他太太不屑一顧似地：

「這條狗對誰還不都是這樣子。」

被這麼一說，想想事實也是如此，不管是推銷員或郵差來了，牠都會上前去，猛搖尾巴，然後仰臥下來。雜種狗和血統優良的狗不同，或許是牠本能地知道，不這樣討好人，就要不到食物吧！戰後不久，勝呂的學長家中，有一條迷了路的狗跑來，聽說這條狗星期一、三、五在他學長家看家，而二、四、六又當別人家的狗去了。學長說，在戰後食糧嚴重缺乏的時候，連雜種狗都不得不動這樣的腦筋。

「真有這種鮮事？」

「是真是假誰也不知道，不過嘛，雜種狗就這麼討人喜歡。」

兒子教牠咬東西、坐下等動作，飯桶老是學不好，竟然露出惶恐的樣子，是否因為自己知道沒學好，而感到過意不去呢？

「這條狗笨透了！」

兒子漸漸地討厭牠，後來連看也不看一眼。從學校回來，飯桶會搖著尾巴，想接近在庭院中吃點心的兒子。

「去！去！」只想把牠趕走。

「你為什麼那麼討厭這傢伙？」

「是呀！這傢伙髒兮兮的，而且頭腦又不好，要是像名犬露西就好了。」

「只要喜歡牠、教牠，不管什麼狗都會變得聰明。」

「不行，牠本來就是雜種，天生就比別的狗差了一截。」

勝呂有點不悅，想罵小孩，但要怎樣罵呢？一下子罵不出來也就算了。

「爹和娘分手時，我和兒子一樣也是十歲」，他看著正在罵飯桶的兒子，心中想著。

從那年冬天開始，勝呂的父親和母親的感情變得惡劣，晚餐時，父親總是不在的時候居多，偶爾三人一起圍著飯桌時，父親也盡量避開母親的眼光，表情非常冷淡地說話。而母親也只是對勝呂溫柔。幼小的他也不明白雙親為了什麼而爭吵，只有提心吊膽地看著父親的臉繼讀吃飯。

晚飯後，客廳的燈一直都亮著，現在回想起來，原來是父母在商量離婚的事；那時，在臥室都聽得到父親的怒吼聲，和母親的哭泣聲，覺得非常難過。勝呂把手指塞入耳中，不想再聽下去。

大連的冬天，四點左右天就黑了。壁爐的黑煤煙爬行似地從冰凍的雪中流出，直到家家戶戶點亮燈為止。勝呂不是留在學校，就是在外面晃。因為他不想看見坐在黑暗的房裡，不知想些什麼，宛如灰色石膏像的母親。那時，飯桶總是跟在他的後面。飯桶停下腳步，把鼻子伸入苦力們堆積在路旁的雪堆中，急躁地把雪撥開，在那裡撒泡尿之後，勝呂走到哪裡，牠都會跟過來。牠一停下來，就會歪著頭，以哀傷的眼神注視著勝呂。

「橫溝君，去玩耍吧！」

「不行，馬上就要吃晚飯了。」

在冬天的黃昏，朋友們也不會到外頭來，所以，他不得不一個人繼續晃蕩下去。

「好討厭呀！」

到了不得不回家時，勝呂會深深地嘆口氣。他轉個身，飯桶也跟著調個頭，很有耐心地跟在他後面。把臉伸入雪中，在雪中挖洞，然後在勝呂後面跑著跟過來。回到家中，又是那令人難過的晚餐，和母親的啜泣。

有時，勝呂內心想：或許因為兒子沒有遭遇過像我這樣的境遇，所以才不會對狗感到親切吧！

看到兒子刻薄地趕走飯桶，勝呂感覺到，現在為止沒和太太分離，而仍生活在一起是件好事。當然，即使像他這樣的男人，對老婆也會有一些不滿。可是，他從沒有過想和太太離婚的念頭，最大的原因，是因為不希望兒子也經歷如自己少年時代的孤獨。在父母親彼此憎恨、互相傷害的日子裡，他連傾訴痛苦的對象都沒有。母親對他說父親的壞話。而父親是以很溫柔的回憶式的話語對他說，可是父親的溫柔對他而言，也是一種很重的負擔，因為他覺得這樣是背叛了母親，最後他只有向狗訴說自己的悲哀了。只有那隻茶黑色的雜種狗，是勝呂少年時代的伴侶，瞭解他的孤獨。牠把頭一撇，用哀傷的眼神凝視著站在黃昏雪中的主人。

「好丟臉呀！這隻狗。」太太說。

「怎麼了？」

「我今天去了肉店，飯桶也偷偷摸摸地跟著去了。不知是哪家的太太，也帶了一隻好漂亮的叫什麼大麥町的狗，人家對肉店老闆丟給牠的骨頭，連正眼都不瞧一下，可是我們家的飯桶好高興，馬上撲了過去，好像我們從來都不餵牠東西吃似的。肉店的老闆還故意罵著說，雜種的到底是不一樣。」

「這種事訓練一下就可以解決了。」

「連咬東西這最簡單的動作，一個也做不來的狗，是沒法子訓練吧！哪！我看還是還給牛奶店算了，要是那麼想養狗的話，就去抱一隻像樣一點的回來好了。」

「是啊，爸爸，去抱一隻像名犬露西那樣的狗回來吧！」

連兒子都為他母親幫腔。他不悅地把視線落在報紙上。他生氣的並不只是狗的事，而是討厭太太和兒子的想法。

去年，猶豫著要不要賣車子時，也有過和現在相同的滋味。那是太太說要把家裡用了三年的老爺車奧斯汀賣掉換新車的時候。

「只要付完頭款之後，其他可以分期付款，這樣比較划得來。」

但是他對那老爺車有著莫名的偏愛。車型既不漂亮，漆也開始剝落了，爬坡時，不知哪個部位就會發出氣喘的聲音，可是每次聽到這聲音，他就覺得和自己很相似，有時候甚至於覺得，那就是自己背負著胖太太和小孩，氣喘地登上人生坡道的自己。動過胸部手術把肺切掉一邊後，稍微爬坡就氣喘如牛的他，和這部老爺車一模一樣。

「不！我不想賣。」

「可是那馬上就不能用了啊！」

「要是不能用的話……你是想把它賣掉？」

太太說那當然啦。兒子也說討厭車型難看的車子。那時勝呂也和現在一樣，不高興就默默不吭聲。

「是啊！怎麼樣？」

「要是怕人家說牠是雜種而覺得丟臉的話，……為什麼不說這是波斯狗呢？」

太太笑出來了，也因為這樣子，飯桶總算沒被丟掉。

可是在肉店發生的事，後來接二連三地發生了。他和太太、兒子散步時，牽著真銀狐犬的太太迎面而來，假銀狐犬的飯桶搖著尾巴，靠近真銀狐犬時，看來很像，可是又有些不同。真銀狐犬以奇怪的眼光看著飯桶，和牠的主人擦身而過時，臉上浮現出輕蔑的淺笑。

「啊！我覺得好丟臉！」

兒子罵著。

某日，也住在大連的姑媽來了，對戴著金戒指、吸紙菸的這個姑媽，勝呂打從老早開始就不喜歡。在勝呂家住了三、四天，看到母親不在時，突然把聲音壓低，和父親不知談些什麼。

傍晚，姑媽突然走進他的房間，他正在做少年雜誌附錄的模型。回過頭來，看見姑媽叼著香菸，幫他整理散得到處都是的小刀、漿糊、紙張等。

「給壓歲錢可能還太早，來！姑媽給你零用錢。」

說。

勝呂用警戒的眼光注視著姑媽，那便是小孩子的心裡已感覺出，她一定有重大的事跟他

「小呂！你可能還不太清楚，其實媽媽要回內地（指日本）一陣子。」

「為什麼？」

「因為有一些重要的事。不過，兩、三個月之後就回來。哪，這段期間，你來姑媽家住好不好？」

勝呂沒吭聲，最起碼他知道姑媽現在在跟自己撒謊。媽媽要是回內地，可能就不會回來了，不安的念頭充塞勝呂的腦中。

「來姑媽家好了！就這麼說定了。」

姑媽的聲音是很溫柔，可是語氣上卻很強硬，讓勝呂無法說不。

不過，不只是姑媽，連媽媽也是只回內地兩、三個月，這麼約定後，消除了勝呂心中幾分不安。

某日早上睡醒時，媽媽已經不在了。父親、姑媽也都不見。問了滿洲人的女僕，才知道到港口送媽媽去了。勝呂那時很肯定地知道自己被騙了。

最後被寄養到姑媽家，把學校的書包和皮箱，也放到馬車上時，飯桶跟到大門來。

「飯桶怎麼辦？」

姑媽向父親使了眼色說：「到媽媽回來為止，乖乖地看家呀！有時候你也可以來看牠。

姑媽那裡因為你姑爹不喜歡狗，所以不能帶過去。」

滿人的車夫因價錢談不攏，對父親嘀咕。飯桶這時遠遠地看著勝呂，叫牠的名字，只把尾巴輕輕搖了幾下，但不過來，牠害怕馬。馬車開始移動時，飯桶跟過來了，等到知道無論如何也追不上時，便站著目送勝呂，一直到看不見為止。

勝呂從沒向兒子提過自己少年時代的事情。可是，看到和從前的自己相似的臉、相似的體格的兒子，在庭院中投球或仰臥在榻榻米上，看著漫畫書時，他就會把那時候的自己，重疊到兒子身上。不，是兒子使他想起那時候的自己。兒子不知何時也會歷經不幸，和嚐到離別的滋味。他覺得，讓這時期慢點到來，或許也是父母的責任。（和你同樣是十歲時，爸爸……）酒一下肚，話到嘴邊又吞回去了，無法向兒子說明自己為什麼喜歡雜種狗。

「爸爸！不得了了。」

某日，兒子跑回來，碰的一聲打開玻璃門。

「是母的！」

「小心一點！」太太臉色有點嚇人。「那玻璃已經有了裂痕。」

「我們家的飯桶聽說是母的。」

「胡扯！誰說的？」

「我說是公的，佐田家的大學生笑著說是母的，保證是母的。我問他怎麼會知道，他說這傢伙沒有睪丸。」

勝呂滿臉困惑地看著妻。本來想是公的，不必擔心牠會繁殖，才從牛奶店抱回來。大腿根有小芋狀的突出物。

「牠沒有睪丸！」

「小孩子不要講這種話！」

「那，那麼要怎樣說呢？」

妻大聲叱責兒子，然後像男人般，兩手交叉在胸前瞪著他。

「你！打算怎麼？」

「胡說，明明是公的嘛！妳不也這麼認為？」

「檢查一下！」

他走出庭院叫飯桶。他絕對沒向妻和兒子撒謊，勝呂自己這三個月來，也一直都以為飯桶是公的。欸，等等，那傢伙是蹲下來小便的，而自己都以為那是因為小狗的緣故。

「怎麼了？」

妻從玻璃門探出頭來，問正在瞧狗大腿根的勝呂。他沒回答。看來像突出物的不是雄性的象徵，而且如大學生所說的，沒有睪丸。

「我們說好的，你還給牛奶店吧！」

「可是，這三個月來，飯桶已經是我們家的一分子了。」

「拜託您啊，要是小狗一隻接一隻地生下來，您養得起嗎？」

雖然太太指責兒子關門聲太大，自己關門時也發出碰的巨大響聲。

「爸爸，還是還給人家吧！」兒子安慰地說。

勝呂沒辦法，只好把飯桶從家中帶出。在夕靄中，飯桶到處嗅電線桿，把鼻子伸入草叢中，留下痕跡。勝呂叫飯桶時，這隻雜種狗仰起頭來看他，無力地搖搖尾巴。那樣子好像是在大連的另一隻飯桶，悲傷地注視著他，搖著尾巴跟了來似的。

6 耽擱

夫婦倆右手提著重重的旅行箱，擦著汗，穿過耶路撒冷機場的出境大廳。白色的陽光照在滿是塵埃的狹隘的等候室，這是只有兩張油漆已剝落的長板凳並列著的等候室。

「現在怎麼辦呢？」丈夫回過頭來對妻子說。「街道什麼的，不是都看不到嗎？」如他所說的從那裡看得到的風景，右邊和左邊都只是酷熱的褐色山嶺罷了。在陽光直射下的禿山上，有白色的岩石和灰色的灌木稀疏分散著，遠遠望過去都會覺得呼吸困難。此外，天空出奇得藍，藍得似乎把手指伸進去，都會被染成藍色似的。

「沒有計程車也沒有巴士。」

「先下飛機的乘客搭走了吧，很快就會回來的。」

妻這種慢條斯理的說法更使丈夫急躁起來。心裡埋怨著太太不知道他的辛苦，兩個月來的國外旅行使得他的精神已經疲憊不堪。跟在日本的時候一樣，無論是在巴黎或倫敦，還得從頭到尾照顧連一句英文也不會說的妻。剛開始還親密地一起參觀名勝古蹟，到了接近旅途的終點時，連小事都會發火。經過兩個月，現在扔在長板凳上的旅行箱，也磨損得相當厲害。

丈夫如檻中的野獸般在等待室踱著腳步，看了好多次嵌在髒了的壁上的可口可樂廣告。拿著「世界的任何一個角落都有可口可樂」的褐色瓶子的女郎微笑著臉朝向這邊。「世界的任何一個角落都有可口可樂」又來回走一趟重複唸著「世界的任何一個角落都有可口可樂」。

「好髒的國家！什麼也沒有，計程車還不來噢！」

妻不理會丈夫，從手提包裡拿出明信片，故意打了個呵欠遠眺著。這是在羅馬買的明信片。本來兩人打算從羅馬直接回東京的。是她提議更改計畫到耶路撒冷逛一下的。

「你以後還有機會，可是我不可能再來，好想去看一下唷！」

在羅馬每天下著毛毛雨。夫婦向旅館借了傘到聖伯多祿教室、羅馬競技場閒逛。

「還說要到耶路撒冷，已經什麼都沒了。錢也快用光了。」

「反正飛機要到貝魯特去，只要晚一天從貝魯特到耶路撒冷，第二天就可以回國，不去看看是損失呀！機票反正是一樣的。」

丈夫每天使用不靈光的英語，生活上已是疲倦極了。真希望早一天回到日本，然而照妻的意見，來到此地，卻只看到光禿禿的岩山，心頭就冒無名火。要是在貝魯特搭往東京的飛機，現在可能是向日本籍的空中小姐要了日本的週刊雜誌，蹺著二郎腿看得正高興的時候吧！

「巴黎或羅馬，現在在日本已不是什麼新鮮的話題了喲！要是說去了耶路撒冷，」太太向他辯解似地說：「聖心的修女們一定會很高興的，對圭子也會好一點呀！」

女兒圭子念聖心中學。妻對這是最在行的。在父兄當中幾乎沒人去過耶路撒冷。修女們都很單純，因此即使只是去一趟，也會增加她們的信任程度。既然這麼說，丈夫也不得不答應繞到耶路撒冷去。

破舊的福特車在繞著禿山山腰的柏油路上跑了相當遠的路，還看不到耶路撒冷。道路的兩側，仍舊是岩石和太陽，以及偶爾投射在地面上的泥土房子的影子。司機握著方向盤偶爾會向他搭訕，就不知是說些什麼。丈夫索性拿出交通公社的說明書，尋找耶路撒冷的便宜旅館。心想剩下的旅費已不多，看來不把準備在香港買禮物的錢犧牲掉是不行的了。

「街道！」

被妻輕碰了一下，抬起頭來，看到禿山與禿山之間有小街浮上來。跟中東的所有街道一樣，這裡的建築物也是白色的，只有大的回教寺院閃爍著金色的光輝。這是只要一小時就可以全部逛完的小街，可能比八王子①還小吧！

「請開到這裡！」他告訴司機旅館的名稱。那旅館富有耶路撒冷的氣氛，名叫「牧羊旅館」。司機舉起手做出知道了的手勢，車子從柏油路轉向滿是塵土的道路。他心想：這傢伙一定認為我們是第一次出來旅行的人想繞冤枉路；可是想歸想，卻什麼辦法也沒有。

不是觀光季節，旅館沒什麼客人，雖說是旅館，只有牆壁和桌子都沾滿橄欖油味道的食堂，與兩樓七個左右的房間而已。打開窗戶，庭院中有瘦巴巴的夾竹桃，花已枯萎了。剛剛遠遠看得到的回教寺院和凌亂的住家聚在一起，隔著一個山谷像抓住臺地似地並列著。黃昏的陽光反射到寺院的屋頂上。

「喂！」把地圖和說明書攤開在床上的丈夫抬起頭來，「被耍了！」

「怎麼啦！」

耶路撒冷被分割成約旦的領土和以色列的領土。像他們腳踏入約旦這邊的旅客，就不能進入以色列那邊了。兩國現在仍處於交戰狀態。

「耶路撒冷好的地方全部都在另一邊，這下子好了。」丈夫把說明書當枕頭，西裝沒脫下就倒在床上呈大字形，開始對太太嘀咕起來了。「事情沒弄清楚之前就亂發表意見是不行的，和南京相似的骯髒街道，明天一天怎麼打發。」他數落著，看到太太快哭出來的臉更有快感。

「當然，妳是很舒服的。從護照到出關全部交給我，自己只管打呵欠。」

「你講得太過分了，這麼說，我也有我的理由。」

這兩個星期來，每天重複的吵嘴又開始了。夫婦兩人的外國旅行，沒有其他可談話的對象，因此更容易遷怒對方。但也因為沒有其他可依靠的人，彼此非得尋求妥協不可。

「哼！為了討好聖心的修女們，非這樣子做不可嗎？」

「是為了圭子呀！不是為了取悅修女啊！」

吵嘴吵到七年前把女兒送到聖心的事。丈夫罵她是「虛榮心太強的女人」，妻就開始數

①八王子市，位於東京都西南部之工商業、住宅都市，面積一百八十七・八平方公里。

落他是「全然不顧家庭的男人」。

「好了。跑到耶路撒冷這偏遠的地方來，我不想再聽些無聊的話。」

如街上熟透了的銀杏般，大大的夕陽開始下沉。寺院裡如蚊群叫的合唱聲隨著晚風傳來，是回教徒們的晚禱。夾雜在祈禱聲中，爵士樂隱約聽得到。丈夫認為這是無聊的市街，比八王子還小。明天中午之前就可以全部看完了。

四周還明亮，有一個胖男人來通知晚餐已準備好了。桌巾上有沾到橄欖油和拍死蒼蠅後留下的痕跡。服務生是胖男人的太太，總覺得兩夫婦共同「分割」這旅館的一切。默默吃著味道不美的肉，丈夫心想要是一個人旅行，可以住一流的飯店。不過剛剛的怒氣，在喝著小瓶葡萄酒後，稍微消下去了。雖然還有怒意，也覺得夫婦吵架再繼續下去也沒什麼意思。還有些微亮光的庭院中，夾竹桃特別顯眼。

「我到外面抽根菸再來，妳要怎麼辦呢？」

太太做出有點可憐的笑容，但還是跟到外面來，同樣是耶路撒冷，在以色列領域那邊可以看到霓紅燈閃爍，而約旦領域這邊幾乎看不到燈火。竟然到這無聊的地方來。

沒法子，只有站在旅館前吸著菸，眺望著前邊的橄欖樹林，以及完全被夕靄包圍著的禿山。查了地圖知道那橄欖樹林是革責瑪尼園（Gethsemane）；現在自己站著的道路，好像叫作橄欖路。

能夠清晰地看到星星，近得宛如伸手就可以碰到。軍中的喇叭聲在黑暗中還遠遠傳過來。

翌日，手拿著地圖走下橄欖路，首先映入眼簾的是古城牆。城牆把街道圍起，有些地方還有大門。門旁，在地上擺著各種顏色的果實和水壺的小販，大聲吆喝著招徠顧客，羊和驢馬群響起鈴聲走過，用黑色布包著臉的女人們蹲著不知吃些什麼。

「像是滿洲的街道。」

在大連當過學徒兵的他，想起在旅順和金洲曾經走過發出同樣臭味的市街，就對太太說：

「不要靠得太近，臭蟲會附上來。」

昨夜從旅館前面看到的微暗的樹林，更接近了。有幾百年的橄欖老樹整齊地栽植著。入口處停著兩、三輛凱迪拉克轎車，美國人的觀光客頻頻移調八釐米攝影機。丈夫仰望英語的豎牌翻譯給太太聽。

「寫著『革責瑪尼園，耶穌被捕之前曾在這裡祈禱過。』不值得專程來看。」

裡邊有不知名的白色建築物，建築物的四周有著乞丐打扮的兜售者，成群向美國人的顧客推銷東西。

「拍張照片吧！作為來過這裡的證據。」太太說。「總之是來過了，不是胡扯呀！」

夫婦對昨天的吵架已忘得一乾二淨了。要太太站在橄欖樹前，從鏡頭裡看過去，太陽正照射在做出笑容的太太身上。心想這可以給女兒拿去給聖心的修女當禮物吧！

樹上有耶穌昇天的地方，放置了附著大腳印的石頭。他想起在日本的鄉下看過和這塊極為相似的，附有鬼腳印的石頭。

「太無聊了。無論那一國人，為了招徠觀光客，點子都一樣。」

每次觀光客搭乘的巴士通過時，白色的塵埃飛揚。越近正午時刻，陽光變得越毒辣。

「現在去哪裡？」

「說明書上有哥耳哥達（Golgotha）的教會、比拉特家（Pilate Pontius）②的遺跡，還有回教的寺院等等。大概都差不多吧！」他無聊地用指甲彈著香菸：「約旦領域內，什麼也沒有。」

「不過既然來了，不參觀也是損失呀！」

把照相機背在肩上的丈夫，朝著回教寺院走去，戴著墨鏡的太太跟在後面，時時回過頭來看擦身而過的美國婦女。

參觀寺院之後，到耶穌被處刑的哥耳哥達山丘。名為山丘，想像中是座小山，其實不過是小斜坡再上來一點的地方。一個外表看來很大而稍髒的洞窟中建有教會，這裡又有兜售東西的人和乞丐聚集到他們夫婦身旁來。肅靜的洞窟中傳出香味，壁上留有十字軍來時刻的字。

走出洞窟教會，外頭強烈的光線扎到眼簾。小販們很快地在他們四周聚集成群，叫嚷著聽不懂的話，硬要推銷便宜的明信片和十字架。

「都是些蒼蠅似的傢伙！」好不容易從圓圈裡逃出來的丈夫對妻子說：「有患皮膚病的男人吧！妳沒注意到嗎？」

被污水弄髒的道路寬度只有一輛車勉強能通過。兩旁有倒吊著幾隻豬的豬肉店，和排列著各種形狀的水壺連接著。

「喉嚨好乾呀！」

「我不是跟妳開玩笑，在這裡不管喝什麼，保證妳得赤痢。」

「這條街對信徒來說，還有參觀的價值；但我們就覺得無聊了！」

「看！所以我才說不要到這種地方來。」

「我的學校是傳教團體（mission），因此一週要聽一次《聖經》。那時候也唱過聖歌呢！」

「嗯。」

丈夫做出嘖嘖聲，在被污水弄濕的地面吐口水。太太說些回憶少女時代的事時，不知怎地感到靦腆羞恥。

「你年輕時也讀過《聖經》？」

他心中默想著：我學生時代也有過翻《聖經》的時期。在他念高中時住的宿舍裡，大家

②羅馬第五代猶太總督。

爭著念西田幾多郎的《善的研究》和倉田百三的《愛與認識的出發》。窗邊白楊樹的宿舍氣味，突然在他的心中復甦過來。還聽到棒球隊的夥伴們遠遠叫著的聲音。那時候自己也認真地思索過耶穌的事，腦中浮現出躺在萬年床上翻著《聖經》戴著白線帽的自己！

「你看看，有修女在呀！」

太太小聲地說，抬起頭來看到兩個穿著和聖心的修女不同服裝的修女，注視著壁上的一點劃十字，閉上眼睛。

她們離開後，仰望牆壁，看到有銅版鑲嵌著。

「寫著什麼呢？」

「等等，我現在翻譯看看。」丈夫好像面對著試題的中學生，開始思考銅版上的英文。「耶穌……耶穌在這裡第一次倒下，滿身是血，也因為祂的十字架太重了……祂忍受不住、倒下去。」

「真是太過分了！」

「從前的事。」

是的，那是老早之前的事。對自己來說，耶穌很快地變成一般的偉人罷了，且開始視為非科學性的人物；不久便失去了關心和興趣。

「修女們又在那裡的十字路口劃十字呢。」

那裡也鑲嵌著同樣的銅版，上面寫著：一位女性憐憫背著十字架的男子，而給他一塊布。他用來擦血的布上，因此留下臉的形狀。

「反正是洋鬼子的宗教，跟我們沒關係。」

「總之，在這條路上照張相，表示參觀過了。」

「回日本之後，圭子一定會很得意地拿到聖心去吧！」

大致上參觀過後，打算回旅館，卻是錯了路，竟然走到像是採石場的地方來。太陽毫不留情地照射在頸上，對面的臺地有豪華的凱迪拉克轎車飛馳著，車體發出亮光。從用石頭和泥土造成的小屋中，用布遮蓋著臉的女人，眼睛發出光亮往這邊瞧。

「是妳說要來這裡才會搞成這樣子。」

「虧你還說得出這種話？要到這條街來是你先說的。」

跟昨天一樣，又開始吵嘴。丈夫對太太怒吼著，心想要是從貝魯特直接搭飛機，現在已到了羽田吧！回東京之後，拜會一下生意往來的商店，還有宴會，星期天出席接風的高爾夫。

一棵樹上釘著告示牌，寫著這裡是猶大被吊起而流血的旱田。突然隨著陣風傳來爵士樂。

7 母親

傍晚，到達港口。

自由號還沒到，站在小岸上，飄浮著稻草屑和蔬菜葉的灰色小波浪，撞擊著碼頭，發出像小狗喝水的聲音。停著一輛卡車的空地對面，有兩間倉庫，在倉庫前，男子燃燒著的篝火，晃動著紅黑色光芒。

候船室裡，穿著長靴的五、六個當地男人，坐在長板凳上，很有耐心地等候售票口打開，腳邊擺著塞滿了魚的箱子和舊皮箱，還有把雞給硬塞進去，擠得動彈不得的籠子滾到他們當中。雞從籠子的縫隙中，把脖子伸得長長的，似乎很痛苦地掙扎著，坐在長凳上的那些人，默默不發一語，偶爾向我投來質疑的眼光。

記得曾在某西洋畫冊上看過這樣的光景，可是已想不起是誰的作品，又是何時看過的。海的對面，長而廣闊的島上，有微弱的燈火，灰沉沉地亮著，狗的叫聲清晰可聞，不知是從島上傳過來的，或是在這邊叫的。

可能是燈的一部分在慢慢移動，那是期待已久的自由號。售票口總算打開了，剛才坐在長板凳上、穿著長靴的男子，在售票口前排成一列，一站到他們後面，就聞到一股魚腥味，聽說島上大部分的居民是半農半漁。

每一張臉都很相似，或許因為顴骨突出的關係，眼睛凹陷，臉上毫無表情，看起來像是懼怕著什麼似的；換句話說，是狡猾和膽小構成了當地人這種畏縮的面容。我會這麼覺得，或許是因為我對即將前往的小島，有了先入為主的觀念，島上的居民自江戶時代起，即為貧窮、工作及宗教迫害等所苦。

好不容易搭上了自由號，離開港口。連接九州本土與本島之間的交通，一天只有三班船次，聽說兩年前還只有早晚各一班船而已。

美其名為「船」，其實是像駁船一樣，連椅子都沒有，乘客站在自行車、魚箱、舊皮箱之間，正迎著從窗戶吹進來的寒冷海風；要是在東京，一定會有人抱怨或發牢騷，但這裡大家都靜靜地，只聽得到船的引擎聲；連滾在腳邊籠裡的雞也不叫一聲，用鞋輕輕踢一下，雞會露出恐懼的表情，跟剛才那些人的表情相似，這令我感到奇怪。

風力轉強，海水陰沉，波浪也變黑，好幾次想要點香菸，但不管怎麼點，風太大了，只徒然浪費火柴棒，最後只好把被水沾濕了的香菸丟到船外。風吹著，不知船會漂往何處。今天，搭巴士從長崎晃了半天才到這裡，累得從背部到肩膀完全僵硬了，於是閉上眼睛聽著引擎的聲響。

引擎的聲響，在闇黑的海中，有好幾次突然變得無力，但很快又發出強勁有力的急促叫聲，隔了一陣子，又再緩慢下來，如此重複聽了幾次，再睜開眼睛，島上的燈火已在眼前。

「喂——」有人喊叫。

「渡邊先生不在嗎？請拋下纜繩！」

接著響起纜繩拋向碼頭的鈍重聲。

跟在當地人的後面下船，在夜晚寒冷的空氣中，摻雜著海和魚的味道，走出剪票口有

五、六家店賣曬乾品和土產，聽說這一帶的名產是燕鰩魚乾。穿著長筒靴和夾克的男子，在他的店前直盯著走出剪票口的我們，向我走過來。

「一路辛苦了，我是教會派來接老師您的。」

點頭的次數多得令我感到不好意思，然後，硬是把我的小皮包搶過去，緊緊抓住再怎麼說都不放手。他的手掌碰到我的手，感覺像樹根般大而堅硬，和我們接觸過的東京信徒們濕而柔軟的手完全不一樣。

雖然和他並肩走，他卻堅持保持一步距離跟在後面，想起剛剛他稱呼我「老師」，就感到困惑，因為，或許當地人會由於這種稱呼而對我存有戒心也說不定。

走到那裡都可以聞到從港口飄來的魚腥味，那臭味讓人覺得似乎長久以來一直都附著在兩旁矮屋上，也附著在狹窄的路面。跟剛才相反，現在面對著前方左手邊的海，看得到九州微弱的燈光。我問：

「神父好嗎？我一接到信馬上就趕過來了……」

聽不見後面的回答，心想會不會有什麼地方讓他不高興了呢？留意了一陣子，似乎不是這麼一回事，或許只是拘謹不願多說廢話罷了，或者是多年來的習慣——或許當地人認為不亂說話，是保護自己的方法、策略吧。

我在東京認識了那位神父，當時因為寫一部以天主教為背景的小說，所以在某次聚會中，我主動找從九州來的他談話。他有一副這一帶漁夫特有的臉——雙眼凹陷、顴骨突出，是否因夾在東京有名的主教和修女之間嚇壞了他，對談之間，他也是扳著臉孔，答話簡短，這點和現在替我拿皮包的這個男子完全相似。

「你認識深堀神父嗎？」

前年，我在距長崎約一小時汽車行程的漁村，受到負責該村的深堀神父多方的照顧，浦上町出身的他，教我海釣技術，也帶我到絕不更改宗教信仰的隱匿天主教徒家①。當然，隱匿的天主教徒所信仰的宗教，在漫長的鎖國時期，跟真正的基督教已有了差距，與神道、佛教和民間的迷信混在一起，因此使分散在長崎到五島、生月的他們再更改信仰的，是明治時代來日的普奇強神父以來，該地地方教會的工作。

「晚上是否住在教會呢？」

即使拉開話匣子，對方仍然緊緊握住果汁的杯子，只回答是、是。

「你們的管區內也有隱匿的天主教教徒嗎？」

「有。」

「這陣子，有電視等來拍攝他們，收入增加了，逐漸有了笑容。深堀神父介紹的老爹，簡直就是戲劇的解說員，能夠馬上讓我見見隱匿在這邊的天主教徒嗎？」

①原文是「かくれ切支丹」。指江戶幕府時代，在壓制天主教的禁令下，繼續偷偷信仰天主教的人民。他們散居於長崎縣的生月島、平戶島、五島列島、西彼杵半島等的一部分；至明治時代解禁後，不歸屬天主教教會，表面仍信奉與神道、佛教結合的舊有信仰。

「不，那是很困難的。」

話到這裡斷了，我離開他，尋找比較容易談話的對象。

沒想到一個月前，這位木訥的鄉下神父寄來了一封信，信的開頭是天主教徒一定會寫的「主內平安」，內容大意是說已說服了在自己管區內隱匿的天主教徒，願意讓我們看「納戶神」②和祈禱圖，他的字倒是出奇地漂亮。

「這個村子也有隱匿的天主教徒？」我回過頭來問，男子搖搖頭。

「沒有。住在山上的部落裡。」

半小時後，到達教會的大門前，一個穿著黑色法衣的男人，手放背後交叉著，和牽著自行車的青年站在一起。雖然只有一次，不過以前總是見過面的，因此我就隨便打個招呼，這一來對方卻現出難堪的表情，看一下旁邊的青年和來接我的男子，那是我的疏忽，我忘了這地方和東京、大阪不一樣，神父所受的尊敬程度和村長相當，有時甚至高於村長之上，如同藩主一般。

「次郎，你去跟中村先生說老師來了。」神父命令青年。「是的，我去說。」青年恭敬地點點頭，跨上自行車，很快消失在黑暗之中。

「隱匿的天主教徒部落在哪裡呢？」

神父指向和我來時道路相反的方向，或許是被山遮住了，連燈火都看不到。隱匿的天主教徒在幕府迫害時代，為了逃過官吏的眼睛，盡可能住在不易被發現的山間或海岸，無疑地，這裡也一樣。我想到自己不太健康的身體，希望明天不必走得太遠，七年前動了胸部手術，雖然治癒了，但身體方面還是沒信心。

我夢見母親。夢中的我，剛被推到病房來，準備做胸部手術，像屍體般被放在床上，鼻孔裡插著連接到氧氣泵浦的塑膠管，右手和腳上都插著針，那是為了從綁在床上的輸血瓶輸血的關係。

我應該是陷入半昏迷狀態，可是在慵懶的麻醉感覺中，不知怎的，我知道緊握我手的灰色身影是誰，那是母親，很奇怪，醫生和妻都不在病房裡。

像那樣的夢，到現在為止做過了幾次，醒過來之後，分辨不出那到底是夢還是事實。躺在床上發呆了一陣子，才意識到這是自己的家，不是住過三年的醫院，不由得嘆起氣來，這已是常有的事了。

我沒有把夢中的情景告訴妻，因為事實上，動了三次手術的夜晚，為我看護、連闔一下眼都沒有的是妻，但夢裡卻沒有她，因而有種歉意，但比這個更重大的理由是：在我的內心

②日文「納戶」本為儲藏室、倉庫之意。此處隱匿的天主教徒，為避開江戶幕府耳目，將所信奉的神藏在倉庫，故稱「納戶神」。

深處，似乎連自己也沒有覺察到我和母親之間緊密的連繫，在她死後二十年的今天，仍然在夢中頻頻出現，這使我感到厭煩。

對精神分析方面不在行的我，不明白像這樣的夢究竟包含什麼意義，實際上，在夢中沒看到母親的臉，而她的一舉一動也不明確，後來仔細一想，那身影雖然很像母親，但也不能斷定就是她；不是妻，也不是看護士，當然更不是醫生。

記憶中，生病時母親緊握我手睡覺的經驗，連孩提時代也沒有過。平日經常浮現眼前的母親，是個性非常強烈的女性。

五歲左右，我們因父親工作的關係，住在大連，明確記得的是家中小窗前倒懸如魚齒般的冰柱，灰色的天空，雨似乎要下而未下的情景；在六帖大的房間裡，母親練習拉小提琴，重複著固定的旋律，不知拉了幾小時。把小提琴夾在下顎的面容，僵硬呆滯如石，只有眼睛注視著虛空中的一定點，彷彿想在空間上的一點，抓住自己所要追尋的一個音符；抓不到那點的她，嘆氣、急躁，持弓的手繼續在絃上撥弄著。我知道，在那顎上，長出了像污點般褐色的繭，那是從音樂學校的學生時代開始，經常把小提琴夾在顎下的緣故；而五根手指頭也硬得像石頭般，那也是千遍萬遍為了找尋一個音符，用力按絃的關係。

小學時代對母親的印象，是被丈夫拋棄了的婦人。在大連暮色蒼茫的房裡，她坐在沙發上，如石像一動也不動，那種極力忍受痛苦的樣子，連小孩的我都覺得受不了！在旁邊假裝作習題，其實，身體全部的神經都集中在母親身上。我不瞭解究竟發生了什麼事，看到低著頭，用手支撐額頭、滿懷痛苦的母親，除了難過，實在不知該怎麼辦才好。

從秋天到冬天，一直都是連續的陰暗日子。為了逃避看到黃昏時房裡母親的身影，在從學校返家的路上，我盡量放慢腳步，跟在賣俄國麵包的白俄老人後面，他走到哪裡就跟到哪裡，到太陽西下時分，才踢著路旁的小石子，轉往回家的方向。

「媽媽，」有一天，難得帶我出去散步的父親突然說：「有重要的事要回日本……，你跟媽媽一起去好嗎？」我雖然能從父親的臉上，看出那是大人的謊言，但還是答「好！」默默跟在後面踢著小石子。第二個月，母親帶我從大連搭船投靠她在神戶的姊姊家。

中學時代，對母親雖有各種回憶，但都集中在一點上。母親如同往昔，為了尋找那個音符，不停地拉小提琴，那時她只為了追求一個信仰，過著艱難孤獨的生活。冬天的早晨，仍像結凍似的大清早，我常看見母親房間的燈亮著。我知道她在那房裡做什麼，用手指捏著念珠祈禱！過一會兒，母親就帶我搭第一班阪急電車，去參加彌撒。在沒有其他乘客的電車裡，我毫無忌憚地打盹，有時眼睛睜開，看到母親的手指撥弄著念珠。

在天未亮時被雨聲吵醒，趕忙裝束一下，跑向這棟平房對面磚造的禮拜堂。

在這窮鄉僻壤的島村裡，禮拜堂漂亮得有點不相稱。昨晚聽神父說，這是村裡的信徒們運石砍材，花了兩年時間才蓋成的；據說，三百年前切支丹③時代的信徒，為了取悅傳教士，憑自己的力量建造教會，而在九州這偏僻小島上仍然繼承著這種習慣。

微暗的禮拜堂內，有三個包著白布的農婦，穿工作服跪著，另外，還有兩個穿著工作服的男子。在沒有祈禱臺也沒有椅子的禮堂裡，大家都在榻榻米上祈禱，他們做完彌撒之後，就直接去田裡或出海，神父凹下的雙眼望向這裡，兩手捧著聖爵，唸著奉舉聖體的祈禱詞，燭光照射在大字拉丁文的《聖經》上，我回想起母親的事，這裡和三十年前我同母親去教會，有點相像。

做完彌撒，走出禮拜堂，雨已停了，但濃霧籠罩著。昨夜，神父告訴我的部落方位，已完全沉浸在一片乳白蒼茫中，霧裡的樹如皮影般浮現。

「這般濃霧實在無法成行！」在我後面摩擦著雙手的神父喃喃自語著。

「山路很滑，今日就休息一天，明天再去怎樣？」這個村子裡也有切支丹的墳墓，神父提議下午去看看。隱匿的天主教徒所在的部落，位在山腹，要是當地人當然沒問題，可是對於只有單肺的我，缺乏的就是在雨中行走的肺活量。

從濃霧的隙縫看到了海，跟昨天不同，海漆黑如墨，好像很冷，連一艘船的影子也看不到。

跟神父一起用過早餐後，躺在借來的六帖大房間裡，翻翻記載著這一帶的歷史書。細雨又飄落下來，那流沙般的聲音，更加深了房中的寂靜，這房裡除了壁上貼著巴士時刻表外，什麼也沒有，我突然想回東京去。

根據記載，這地方的切支丹遭受迫害是從一六〇七年開始的，而最嚴重的是從一六一五到一七年之間。

伯多祿．聖道明會神父

馬奇斯

方聖會五郎助

彌額爾新右衛門

道明會喜助

這些名字，是我從這個村子在一六一五年殉教的神父、修士中挑出來的，實際上，在不知名的老百姓信徒、女漁夫當中，為了宣揚教義而喪失生命的，應該還有很多。老早之前開始利用空暇閱讀切支丹殉教史時，內心便下了一個大膽的假設，這假設是：這些被處刑的，與其說是個人被處死，不如說是以部落的代表受刑，藉收殺雞儆猴之效；當然，要是沒有當時的紀錄加以證實，那麼我的假設永遠都只是假設而已。我認為那時的信徒，並不是依個人

③日本室町時代（一三三六～一五七三）末期，由方濟會的傳教士傳到日本的天主教。

意志決定殉教或叛教，而是遵照全體部落的決定。

部落的民眾和村民的共同意識，比現在以次血緣關係為中心的力量更強大，因此忍受迫害或屈服叛教，都不是個人自由的意願，而是全村民決議的，這是很早之前就有的假設；換句話說，像這樣的場合，官吏們如果把誓死堅守信仰的部落民眾全部殺掉，就失去了勞動力，因此，只將代表處刑，而民眾方面，為了部落的存續，無論如何非改教不可時，便全體棄教。我覺得這一點是日本切支丹殉教與國外殉教最大的不同。

從紀錄上知道，南北十公里、東西三．五公旦的這個島，以前曾有過一千五百名天主教徒，當時，負責這島上傳教的是葡萄牙籍的米勒．康斯坦滋神父，他於一六二二年，在田平海濱被處火刑，聽說火點著木柴，黑色濃煙包圍著他時，群眾仍然聽到他唱著〈聖體讚美〉的聖歌，唱完這首歌，大叫五次「聖哉！」後，才嚥下最後一口氣。

而百姓和漁夫的刑場，是在岩島——島上滿是岩石，搭小船約需半小時的航程。信徒們手腳綁著，從小島的絕壁上被推下去。據說，迫害最嚴重的時候，在岩島被處死的信徒，每個月有十人之多，連官差都覺得麻煩，有時把幾個人用草蓆包著，像串珠鍊般綁在一起，拋入冰冷的海裡，被丟下大海的信徒屍體，幾乎從未浮現過。

到過午為止，一直看著島上如此悽慘的殉教史，以打發時間。外面毛毛雨仍然繼續下著。

午飯時沒看到神父。有一位被太陽曬得黑黑的，顴骨突出的中年女性為我服務。本來，我以為她是漁夫的太太，交談之下，知道她是一輩子單身，為服務而奉獻的修女時，不禁大吃一驚。談到修女，腦子裡只有東京經常看得到的穿著黑色衣服的修女模樣；第一次聽到這一帶把修道會叫作「女部屋」④，和一般農婦一樣要下田工作，到托兒所照顧小孩，在醫院看護病人，這個會過的是團體生活，而在這位中年婦女也是其中的一位。

「神父騎摩托車到不動山那邊去了，大約三點左右才會回來。」她望著被雨淋濕的窗子。

「很不巧天氣不好，您也覺得無聊吧！聽在公所服務的次郎說，要來帶您到『切支丹墓地去。」

次郎就是昨晚和神父一起在教會前迎接我的那位青年。

果如她所說的，次郎在午飯後不久就來邀請我。他還特別準備了長筒靴。

「我想你的鞋子要是弄得滿是泥濘就不太好，所以……」

他為那長筒靴的古舊而道歉，頭點了又點，連我都感到不好意思。

「讓你坐這樣的車子，真是抱歉！」

他開的是小四輪車，通過街上時，果然如昨夜預料的，整排屋子都很低，到處都飄浮著魚腥味。港口大約有十艘小船，正做出發前的準備。只有村公所和小學校是鋼筋水泥的建築

④日文「部屋」指房間之意。

物，這裡雖是繁華大道，但不到五分鐘就變成稻草屋頂的農家。貼在電線桿上的脫衣舞廣告，已被雨水淋濕了，廣告上畫著手按住乳房的裸體女郎，還寫有「性之王者」的煽情字眼。

「神父正發起反對這種東西在村裡上演的運動。」

「可是，年輕人會偷偷跑去看吧！年輕的信徒也……」

次郎握著方向盤，對我的玩笑沒有反應，趕忙避開話題。

「現在島上有多少信徒呢？」

「大概一千人左右吧！」

根據記載，十六世紀切支丹時代，有一千五百位信徒，如今少了五百人了。

「隱匿的天主教教徒呢？」

「不太清楚。不過，好像每年都在遞減中，而保有原舊習的，盡是些上了年紀的老人，年輕人說那是無聊的。」

次郎告訴我有趣的事。隱匿的天主教徒，無論天主教的神父或信徒怎麼勸，他們就是不肯更改信仰，其託辭是：他們自己的天主教是從祖先那兒傳下來的，因此是真正的舊教，而且堅持明治以後的天主教是新教；更何況，現在的神父與代代傳下來的神父打扮相差甚遠，似乎也是造成不信任的原因。

「法國神父絞盡腦汁，打扮成那時候的神父模樣，去訪問隱匿的天主教徒。」

「結果呢？」

「隱匿的教徒們說樣子雖然很像，但似乎有些地方不太對勁，還是不願相信。」

從話裡可以感覺得出次郎對隱匿的天主教徒有輕蔑之意；我卻笑出聲來，法國神父打扮成「切支丹時代」南蠻神父的樣子，探訪隱匿的天主教徒，也真有幽默感，故事跟這個小島倒是挺相稱的。

走出村子，一條沿著海岸的灰色道路横亙著；左邊山壁迫近，右邊緊臨大海，鉛色的海水在混濁中呼嘯著，稍微打開車窗，挾著細雨的海風忽地打到臉上來。

在有防風林遮住的地方停車，次郎為我撐傘。沙地上也稀疏地種著小松樹，而「切支丹」的墳塚，散落在沙丘傾斜向海的尖端，雖稱為「墳墓」，其實只是一塊憑我一己之力都能抱起的石板，有三分之一埋在沙裡，表面在風雨的吹打下已變成鉛色，只能辨認出像用什麼劃過的十字架及羅馬字的M和R，從M和R，我聯想到瑪利亞這名字，埋在這裡的信徒，或許是個女子吧。

我不瞭解為什麼只有這個墳墓會位在離村子這麼遠的地方呢？或許是被迫害後，她的親人偷偷把她移到這不被任何人發現的地方來，或者是在迫害期間，這位女子在海邊被處死。

這被遺忘了的墓地前，正臨著廣闊的大海，風吹過防風林，發出如電線摩擦的聲音。海上黑色的小島，就是這一帶的信徒從斷崖被推下或綁成一串拋到海裡的岩島。

還記得向母親撒過謊話。

現在想來，我的謊言是出自對母親的情結（complex）。被丈夫拋棄的痛楚，除了藉信仰得到慰藉之外，別無他法的母親，把曾為了尋找一個小提琴音符的熱誠，轉移到對神的真誠；現在我已能夠瞭解那種執著的心情，可是，當時的我，卻感到透不過氣來。她越要求我信奉和她相同的信仰，我就更像溺水的少年，為了抵抗水壓而更加努力掙扎。

同學中有個叫田村的，是西宮煙花巷的兒子。肚子老是纏著髒兮兮的繃帶，經常請假；或許從那時起就患了肺結核，我接近被好學生瞧不起的他，的確是出自對母親嚴厲管教的反抗心情。

田村第一次教我抽菸時，我感覺像犯了滔天大罪似的。在學校的射箭場後面，田村邊注意著周遭的動靜，邊從制服的口袋裡，偷偷掏出一包皺巴巴的香菸。

「先用力吸，等受不了時，再噴出來！」

我咳嗽了，菸味刺激鼻子和喉嚨，很難受。那一瞬間眼前又浮現母親的容顏，那是在微暗中從被窩起來，捏著念珠祈禱的臉。為了驅走那張臉，我更用力吸起菸來。

從學校的回家途中溜去看電影，也是跟田村學的。跟在田村的後面，躲躲閃閃地進入在西宮阪神火車站附近的二番館。館內黑漆漆的，也不知從哪裡飄來廁所的臭味。在小孩的哭聲、老人的咳嗽聲中，聽得到放映機旋轉的單調音律。我腦子裡只盡想著母親現在在做什麼呢？

「我們回去吧！」

催了田村好幾次，他生氣了。

「囉哩八嗦的傢伙，要回去，你自個兒回去好了！」

走出電影院，載滿下班人潮的阪神電車，從我們面前經過。

「怕老媽怕成那樣子！」田村嘲笑似地聳聳肩。「編個故事不就得了！」

和他分開後，我卻還編不出謊話來。

「因為學校補課，還有，考試的日期也近了。」

我屏住氣息，一口氣說出來，看到母親相信的樣子，我心裡一陣疼痛，但同時也有一種滿足感。

說老實話，我根本沒有真正的信仰，母親要我上教會，我只是交叉著手，裝出祈禱的樣子，心裡卻想些別的事情，想到後來和田村一起去看電影，裡面出現的種種鏡頭；有一次眼前甚至浮現出某日田村偷偷讓我看的春宮照片。禮拜堂內，信徒們一會兒跪下、一會兒起立，跟著主持彌撒的神父祈禱。我試著不去胡思亂想，它卻嘲諷似地拚命在我眼前晃漾。

我不知道母親為何會相信這樣的東西，感覺上，神父的話、《聖經》的故事和十字架，都和自己沒什麼關係，就像是沒有真實感的往事。我懷疑一到星期日，大家聚集到這裡來，一邊咳嗽一邊斥責孩子，雙手合掌時的心情，有時，我對那樣的自己感到懊惱，也覺得對不起母親；我祈禱要是真有神存在，希望也能賜給我那樣的信仰精神，可是，這祈禱並沒有改變我的心情。

最後，我停止了每天早上的彌撒，我的藉口是要準備考試。從那時起，總會若無其事地躺在床上，聽患有心臟病的母親，即使在冬天的清晨，也一個人出門上教會的腳步聲。不久之後，連一星期非去一次不可的週日彌撒也開溜了！母親後腳一踏出家門，我就跑到西宮購物人潮聚集的鬧區閒逛，看電影院的廣告招牌消磨時間。

從那時候起，母親經常感到呼吸困難。走在路上，有時會用一隻手按著胸部，蹙著眉站立不動，我根本沒把它當一回事，對十六歲的少年而言，想像不出死亡的恐怖，而且發作只是暫時性的，五分鐘過後，又恢復正常，因此認為不是什麼大病；事實上，那是長期的痛苦與疲勞，使她的心臟變得衰弱。儘管如此，母親仍舊每天早晨五點起床，拖著沉重的步伐，在毫無人跡的路上，走到電車站，教會在搭上電車的第二站。

一個星期六，我抗拒不了誘惑，在上學途中下車，溜到鬧區。把書包寄放在那時和田村常去的咖啡屋。到電影開演為止，還有段相當長的時間，口袋裡有一張一圓的鈔票，那是幾天前從母親的錢包裡拿的。我養成了有時自己開母親錢包的習慣。看電影直至黃昏，然後若無其事地踏上歸途。

打開玄關，沒想到母親就站在那裡，一句話也沒說，直盯著我看，突然，她的臉慢慢扭曲，在那扭曲的臉頰上眼淚緩緩地掉下，我知道從學校來的電話，把一切都洩露出去了。那一晚，母親在鄰室一直啜泣到深夜，我用手指塞住耳朵，盡量不去聽那聲音，可是，母親的哭泣聲仍然傳到鼓膜來，我並不後悔，反而想著怎麼收拾這場面才好。

請人帶我到村公所觀賞出土物時，窗外已開始泛白，抬頭仰望天空，雨似乎已停了。

「到學校那邊去，或許可以看到東西吧！」

站在旁邊名叫中村的村長助理擔心地問。他的表情有如在說這裡什麼都沒有是他自己的責任似的。村公所和小學裡有的東西，都不是我想看的隱匿天主教徒的遺物，只不過是小學老師們挖掘出來的上代的土器破片罷了。

「譬如他們的念珠或十字架等，都沒有嗎？」

中村惶恐地搖搖頭。

「隱匿的天主教徒喜歡隱密，因此除了直接去找他們之外，別無他法。那一票人都是些乖僻的傢伙！」

和次郎一樣，我從中村的話裡也聽得出他對隱匿的天主教徒，有種輕蔑的心態。

去打聽天氣狀況的次郎回來了。

「已經恢復正常了，明天沒有問題嗎？這樣的話，我們現在去岩島瀏覽一下好嗎？」他慫恿我，因為在這之前，即在「切支丹」墳墓那兒時，我就曾請他想辦法帶我去岩島。

助理馬上打電話給漁業公會；這種時候村公所就很方便了，公會很快就派出一艘裝有馬達的小船。

向中村借了雨衣，連同次郎三個人趕到港口，有一位漁師準備好船，在被雨淋濕的木板上，鋪上草蓆讓我坐，腳下污水淤積，水中漂著一條死了的銀色小魚。

馬達發出聲響，船向波濤洶湧的海上出發，漸漸激烈地搖晃起來，浪頭高揚時，有種輕微的快感，可是海浪翻落，胃好像突然被束緊。

「岩島是很好的釣魚場哦！我們經常在假日去，您是否也釣魚呢？」

我搖搖頭，助理就趕忙向沮喪著臉的次郎和漁師吹噓曾釣到大黑鯛的得意事。

雨衣全給水花打濕了，海風很冷，從剛剛開始，我一直緊閉著嘴巴。是啊，剛剛還是鉛色的海面，到了這裡卻變成黑色，似乎很冷。我想起四世紀之前，被綁成珠串的信徒在這裡被拋入海中，自己要是生在那個時代，也沒有信心一定能忍受得了那樣的刑罰。我突然憶起母親；在西宮的鬧區遊蕩，向母親撒謊時的自己，又在心中甦醒過來。

岩島逐漸近了，果如其名，到處都是岩石的小島，山頂上有少許的灌木。問了助理，才知道這裡除了郵政部的職員偶爾會來巡視一下之外，只能當村民的釣魚場。

約有十隻烏鴉，在頭頂上盤旋，發出沙啞的叫聲，撕開了灰濛濛的雨空，荒涼的景象，令人覺得不舒暢。可以清楚地看到岩石的裂痕和凹凸怪狀，波浪撞擊岩石發出激烈的聲音，揚起白色的浪花。

我問信徒們被推下海的斷崖在哪裡，助理和次郎都不知道。或許不是固定的一個地方，而是從各個地方推下去的吧！

「好恐怖的事！」

「現在無論如何想像不出。」

我從剛剛一直思考的事，在同樣是天主教徒的助理和次郎的意識上，似乎並未浮現過。

「這個洞穴有很多蝙蝠，只要一接近，就可聽到吱吱的叫聲。」

「真是奇妙！牠們飛得那麼快，就是不會碰在一起，身上好像有雷達之類的東西。」

「我們是否繞一圈之後回去呢？」

白色的波浪凶暴地侵蝕著島的裡側，雲散雨停，島上小山的山腹逐漸清晰可辨。

「隱匿的天主教部落就在那一帶。」

助理指著那座山的方向，和昨夜神父指的方向一致。

「現在和他們也有來往嗎？」

「欸！學校裡的一個工友就是，叫下村，是那部落的人，不過，就是有點討厭，話談不來！」

根據兩人的說法，村裡的天主教信徒不太願意和隱匿的天主教徒來往或結婚，與其說是由於宗教的不同，不如說是心理上的對立所產生的。隱匿的天主教徒彼此互相通婚，否則就維持不了自己的信仰，這種習慣使大家把他們當成特殊份子看待，即使現在亦如此。

一半在雲霧覆罩下的那座山之山腹，三百年來隱匿的天主教徒們，跟其他躲藏的部落一樣，決定「挑水」、「輸送」、「聯絡」等工作人員，對外絕不洩露他們的組織祕密，一直遵守著他們信仰；祖父傳給父親，父親傳給兒子，一代一代地傳下「祈禱」，在黑暗的倉庫中，奉祀著他們的信仰。我用看某種荒涼景象的心情，在山腹中尋找那孤立的部落；當然，從這個位置是看不到的。

「對那些乖僻的傢伙，您怎麼會感興趣呢？」

助理覺得很奇怪地問我，我隨便敷衍過去。

是一個秋晴的日子，拿著菊花上墳，母親的墳墓在府中市天主教墓地。從學生時代開始，在通往墓地的路上，不知來回幾趟。從前，路的兩側有一大片栗子和橡的雜樹林跟麥田，春天到來時，是很好的散步小道；可是，現在已變成筆直的大馬路，商店櫛比鱗次，連那時孤立墓地前的一間小石屋，如今都改建成兩層樓的建築物了。每次來這裡，往事浮湧心頭。大學畢業的那天也來上墳；到法國留學上船的前一天也來過；生了大病回到日本的第二天，第一件事就是跑到這裡來；結婚時、入院時，都不忘回到這裡。現在有時還瞞著妻子來掃墓，因為這裡是我不想對任何人提起的、母親和我談話的地方，內心深處甚且希望即使是親人，也不要常來打擾。穿過小路，墓地正中央有聖母像，四周有一列排列非常整齊的石墓碑，這是屍骨葬在日本的修女墓地，以此為中心，有白色的十字架和石墓，明亮的陽光照耀著，寂靜包圍了所有的墳墓。

母親的墳墓很小，看到那小小的墓石，心裡一陣抽痛。拔除四周的雜草，蟲在我的旁邊飛來飛去，發出拍翅的聲音。除了蟲聲之外，聽不到其他任何聲音。

在墓碑上澆水，跟往常一樣，想起母親去世的那一天，對我來說，那是極為難堪的回憶。母親心臟病發作倒在走廊上，嚥下最後一口氣時，我並不在她身旁，那時，我在田村家做著母親若看到一定會傷心的事。

那時田村從自己的抽屜，拿出用報紙包著、像明信片的東西，然後臉上浮現出要偷偷告訴我什麼的那種淺笑。

「這跟一般賣的東西不一樣！」

報紙裡大約有十張照片，可能是洗得不好的關係，邊緣已經轉黃了，照片中男人黑色身體和女人白色身體重疊，女的眉毛皺在一起，似乎很痛苦。我深深吸了一口氣，一張又一張反覆地看。

「助平，看夠了吧！」

不知哪裡響起電話鈴聲，有人接電話，隨後傳來跑步聲，田村迅速把照片藏在抽屜裡。一個女子的聲音叫著我的名字。

「趕快回去！你母親病倒了！」

「怎麼了?!」

「怎麼了？」我的眼光仍然停留在抽屜上。「怎麼會知道我在這裡呢？」

比起母親病倒，對為什麼知道我在這裡的事，更感到不安，母親知道田村他父親經營妓女戶，所以禁止我去田村家；何況，最近母親因心臟病發作，躺在床上的次數越來越多。不過，每次吃下醫生給的白色藥丸，藥名已忘了，病情又給壓制下來。

我在陽光仍很強的內巷，慢吞吞地走回去。野外堆積著寫有「土地出售」的生鏽廢鐵，旁邊有村工，工地裡不知在敲打些什麼，傳出鈍重而有規律的聲音。有個男子騎著自行車迎面而來，在長滿雜草的空地上停車小便。

已看到家了，跟往常一樣，我房間的窗子半開著，附近的小孩在家門前玩耍，一切和平常一樣，絲毫也沒有出事的感覺。教會的神父站在玄關前面。

「你母親……剛才死了。」

他一個字一個字輕輕說出來，那聲音，連我這個懵懂的中學生，也聽得出是壓抑著感情的聲音；那聲音，連我這個無知的中學生，也聽得出其中隱含了諷刺的意味。

附近的鄰居和教會的信徒們，背彎曲坐著，把躺在八帖大房間的母親遺體包圍起來，沒有人理睬我，也沒有人向我打招呼，我知道那些人堅硬的背，都在責備我。

母親的臉白得像牛乳，眉宇之間還透著痛心的樣子，那時我輕浮地想起剛剛那幽暗照片中女人的表情，這時，我才明白自己是為了什麼而哭泣。

澆完一桶水，把菊花插進綁在墓碑的花瓶裡，剛才在臉四周飛翔的蟲馬上飛到花上，埋葬著母親的土是武藏野特有的黑土，哪一天，我也會在這裡，跟少年時代一樣，和母親兩個人住在這裡呢？

助理問我為什麼對隱匿天主教徒有興趣，我含糊地應付了事。

最近，對隱匿的天主教徒有興趣的人增加不少，比較宗教學的研究家們認為，這種被稱作「黑教」的宗教是很好的素材，ＮＨＫ也在電視上報導了幾次有關五島和生月等地的隱匿天主教教徒，我認識的外籍神父中，有的也趕到長崎來，從各地湧來不少探訪的人們。但對我來說，對隱匿的天主教徒有興趣，理由只有一個——因為他們是被迫更改宗教的遺族子孫，而且，這些子孫們，連想和祖先們一樣，變更宗教都不可能，一輩子對自己虛假的生活方式感到後悔、屈辱和內疚，但還是得繼續活下去。

寫了一部以「切支丹時代」為背景的小說之後，我對這些被迫易教的子孫們逐漸產生興趣；在一生不得不過著對社會撒謊、內心不為人知的雙重生活方式的隱匿教徒身上，有時我看到了自己的生命姿態，我也有一個到現在為止，從未說出口，至死為止絕不吐露的祕密。

那晚，我和神父、次郎及助理一起喝酒，午餐時為我服務的中年修女，端來一大盤生海膽和鮑魚；當地的酒太甜了，我只喝辣味的酒，實在有點可惜。本來以為生海膽是長崎的東西，可能放得太久了，其實還很新鮮。已停止了的雨又開始下了，醉了的次郎開始哼唱起歌來。

嘸！嘸！走吧　走吧

到天國的殿堂　走吧

嘸！嘸！

那稱為天國的殿堂啊

那廣闊的天國殿堂啊

到底是廣闊或狹窄　全在我胸中

我也不知道這首歌，因為兩年前到平戶時，那裡的信徒教過我，旋律不易掌握記不起來，不過，現在聽到次郎悲傷的歌聲，眼前馬上又浮現出隱匿天主教徒憂鬱的表情，那顴骨突出、眼睛凹下，一直注視某一點的臉。或許在漫長鎖國期間，他們一面等著不會再來的傳教士的船，一面小聲地唱著這首歌。

「聽說不動山高石的牛死了，那真是一頭好牛呀！」

神父跟在東京聚會時看到的不一樣，一杯酒下肚，就紅到脖子，和助理在聊天，或許今天神父和次郎，在意識上已經不把我當成外人了。我對這位把自己視為農民的神父，逐漸產生好感，他跟東京那些裝腔作勢的神父截然不同。

「不動山那邊，也有隱匿的天主教徒嗎？」

「沒有，那裡全部是我們教會的信徒。」

神父有點神氣地說，次郎和助理鄭重地點點頭，早上我就察覺到他們似乎瞧不起隱匿的教徒們。

「那是沒辦法的，我們跟他們沒來往，那些人的組織有點類似結社。」

五島和生月的隱匿教徒，已不像此島這般閉塞，可以看得出這裡的信徒甚至對他們的祕密主義，還抱著戒心；但是，就連次郎和中村的祖先，都是隱匿的天主教徒，而兩人竟然還沒有覺察到，倒是有點奇怪。

「到底他們是尊奉什麼呢？」

「尊奉什麼？那已經不是真正的基督教，」神父難為地嘆口氣。「是一種迷信呀！」

又聽到有趣的事！這個島的天主教信徒，依新曆慶祝聖誕節和復活節，與此相對的，聽說隱匿的天主教徒，則在舊曆悄悄地舉行同樣的慶典。

「有一次登上山後，看到有人悄悄地聚集在一起，過去一問，才知道是隱匿的天主教徒在慶祝復活節。」

助理和次郎離開後，我回到房間，可能是喝了酒的關係，臉頰有點熱，打開窗戶，聽到宛如大鼓敲擊的海浪聲，闇黑深深地渲染開來，海的聲音把闇黑與寂靜襯托得濃重了。到目前為止，曾在很多地方過夜，但像這樣的深夜，倒是鮮有的事。

想到長年累月住在這島上的天主教徒，也聽那海濤聲，我有無限的感慨；他們是懼怕肉體衰弱和死亡而捨棄信仰者的遺族，受到官吏和佛教徒的輕視，才遷居回五島、生月和這個島上來，因此他們說無法完全拋棄祖先們留下的教訓，卻也表現不出為自己的信仰勇於出生入死的超然正氣，隱匿的天主教徒不斷忍受那種恥辱而活著。

恥辱在那顴骨突出、眼睛凹下、神情專一的特殊臉上，逐漸累積起來。昨日，一起搭乘自由號的四、五個男子，和次郎、助理們，也都有著同樣的臉，而那臉上，有時會閃過夾雜狡猾與膽怯的表情。

隱匿的天主教組織，在五島、生月及這裡之間，多少有點不同；負責司役的是「張役」或「爺役」，大家從「爺役」那裡學習重要的祈禱和祭日；為剛出生的小孩受洗的是「水方」。這些職務以世襲制為多，我在生月還看過在此制度下約五戶左右的人家組成「組」的例子。

隱匿的天主教徒，在官吏面前，當然裝作是佛教徒，他們有自己的菩提寺，在宗教門派簿上，也寫著佛教徒。某一時期，他們也和祖先們一樣，曾在官吏面前用腳踩耶穌畫像；踩了畫的那天，他們因自己的卑怯與慘境，忍受痛苦的折磨回到部落，用叫作「天鞭邪」的線製繩子抽打身體。聽說「鞭」本來的意思是葡萄牙語的「底西比利那」，他們說錯了，延用成現在的「天鞭邪」；我曾在東京「切支丹」學者家中看過那種鞭，那是用四十六根繩子結成的，拿它來敲敲手腕，的確疼痛難忍，隱匿的天主教徒，就用這種鞭抽打身體。

可是，他們的內疚並沒有因此而消失，而背叛者的屈辱與不安，也依舊存在著。殉教的夥伴們和斥責自己的傳教士，他們嚴厲的眼光從遠處注視著，那責備的眼神，想揮也揮不掉，因此他們唸祈禱文，和現今基督教祈禱書裡的翻譯禱文不同，那是充滿悲傷與乞饒的寬恕的哀求；不識字的隱匿天主教徒，之所以結結巴巴小聲地祈禱，可說是恥辱感作祟所致。「天主之恩啊，聖母瑪利亞，我們這是最後為我等惡人祈求。」「在這涕泣之谷，向您嘆息哭求，我們的主保，求您回顧、憐視我們！」

聽著闇黑中海的呼嘯，腦海裡同時浮現出他們在田地工作、捕魚之後，以嘶啞的聲音祈禱的樣子，他們祈求希望透過聖母的調停，可以使自己的懦弱獲得寬恕，有如小孩向母親祈求在父親那兒說好話一樣，為什麼呢？因為對隱匿天主教徒而言，上帝如同嚴父屹立，所以他教我們向聖母瑪利亞懇求調解與寬容。我覺得他們對瑪利亞信仰很虔誠，特別禮拜瑪利亞的理由也在此。

躺在床上卻睡不著，在薄薄的棉被裡，我小聲地哼著剛才次郎教我的歌曲，但是仍然記不得。

我做了夢。夢中，我要動胸部手術，似乎剛被送進病房，像屍體般被拋在床上，鼻孔裡插著連接到氧氣泵浦的塑膠管，右手和右腳也插著針，那是為了從綁在床上的輸血瓶輸血的關係。那時，我應該是處在半昏迷的狀態，但是我知道，那緊握我手的灰色身影是誰，那是母親！除了母親之外，醫生和妻都不在病房裡。

母親並不是只有在那樣的夢裡出現。走在夕陽餘暉照射的陸橋上，在擴散的雲層裡，我曾經突然看到她的臉。在酒館裡和女服務生們交談中，話題突然中止，虛無的空虛感閃過心中，覺得母親彷彿在身旁。深夜裡，弓著上半身伏案執筆，也會忽然意識到她在背後偷瞄我寫字的樣子。

在我寫作的時候，妻和孩子都不准進入我的書齋，但是很奇妙地，在那種時刻，母親並不會妨礙我的工作，我也不會因此感到急躁。

那時的母親，既不像從前為了尋找一個音符而拚命連續地拉著小提琴；也不是在阪急第一班電車裡，除了車掌外，坐在角落裡一直揑著念珠的她；而是兩手合在胸前，以微含著悲傷的眼神，從背後看著我的母親。

如同透明的珍珠在貝中逐漸長大一般，無疑地，我對母親的影像，也是在不知不覺中形成的，因為在實際的記憶中，母親從未有過以哀傷且疲倦的眼神望著我。

而這影像怎麼產生的呢？我現在明白了，原來是我把母親與她從前拿著的「悲傷的聖母」像重疊起來的緣故。母親逝世後，她所有的東西、衣服和衣帶，陸續被人拿走。姨媽們嘴裡說是分遺物，其實，在我一個中學生看來，她們就像在百貨公司挑東西似地把手伸入衣櫥的抽屜裡；而對於母親最珍愛的、已經舊了的小提琴，和使用多年已破破爛爛的祈禱書、別針，和已斷了的念珠等，卻連看也不看一眼。在姨媽們丟棄的東西裡，就有哪一所教會都出售的廉價聖母像。

我在母親死後，每次變換住處、宿舍時，只把那些珍貴的東西裝入箱中帶走。不久，小提琴的絃斷了，琴本身也出現了裂痕，祈禱書的封面掉了，聖母像在昭和二十年的冬天空襲時，也被燒毀了。

空襲的第二天早上，在湛藍的天空中，留下的褐色燒痕，從四谷延伸到新宿，餘燼四處冒著煙。我蹲在自已住的四谷宿舍的灰燼旁，用木撥弄著，只找出碗的碎片，還有只剩下幾頁字典的殘骸。不一會兒，摸到一個堅硬的東西，把手伸入猶有餘溫的灰燼裡，挖出了只剩上半身的聖母像，石膏已完全變色，本來就很俗氣的臉變得更醜了。隨著歲月的嬗遞，聖母眼睛和鼻子的形狀更模糊了。結婚後，妻有一次把掉下的聖母像用黏著劑接上，這一來，就更看不出接痕了。

入院時，我把聖母像擺在病房。手術失敗後的第二年前後，我在經濟、精神兩方面都陷入困境，醫生對我的身體喪失了一半的信心，而我也沒有收入。

晚上，在幽暗的燈下，我經常從床上遠遠地望著聖母的臉，不知為什麼，我總覺得，那臉一直悲傷地注視著我，到目前為止，與我所看過的西洋畫裡，和雕刻的聖母截然不同。那在空襲和長久的歲月中出現裂痕，鼻子也被摔掉了的臉上，只留下一抹淒然。我在法國留學時，看過很多「悲傷的聖母」像和繪畫，當然，母親的這個遺物，在空襲和歲月中，原形已完全失去了。留下的只是哀傷。

大概是我把聖母像和出現在自己眼前的母親表情，重疊在一起。有時，「悲傷聖母」的臉，看來很像母親去世時的臉。那眉宇間痛苦的樣子、躺在棉被上已停止呼吸的母親的臉，依然歷歷在目。

我很少把母親出現在我眼前的事告訴妻，因為，有一次我說出來時，她不知自言自語說些什麼，但很明顯地，露出不悅的表情。

濃霧籠罩著大地。

在濃霧中，聽到了烏鴉的叫聲，因此，我知道部落近了。對肺活量仍很小的我而言，來到這裡是件相當困難的事，山路的坡度很大，更慘的是，向次郎借來的長筒靴，走在黏土路上反而滑得很。

中村還分辯說，這還算快哪！聽說從前因濃霧看不清東西，只有南邊有一條小徑可通，到部落需要半天的時間。住在這麼難找的地方，恐怕是隱匿的天主教徒們，為了避開官吏耳目的做法吧！

路的兩側，是階梯式的旱田，在濃霧朦朧中，只看到樹木的黑影，而烏鴉的叫聲也更響了，想起昨天去探訪的岩島，也有大群烏鴉在空中盤旋。

中村向在旱田裡工作，看來像是母子的女人和孩子打招呼。母親取下頭巾，很恭敬地點點頭。

「川原菊市先生的家在這下面吧？我們是從東京來拜訪他的！」

小孩以很奇怪的眼光凝視著我們，他是挨了母親的罵，才跑到旱田裡的。

依助理的建議，在街上買了酒當見面禮，一路上，都是次郎替我提的，接過一．八升的酒，我跟在兩人後面進入部落，聽到收音機裡傳出的歌謠。

「年輕人都離開這裡呀！」

「到城裡去嗎？」

「不，到佐世保和平戶賺活的人較多，留在島上被稱為隱匿的天主教徒的孩子，就不容易找到好工作。」

無論走到哪裡，烏鴉就跟到哪裡，現在還停在鋪著稻草的屋頂上叫著，好像是向這裡的人警告我們的到來。

川原菊市的家比別人的家稍大，屋頂鋪的是瓦塊，後面有棵大樟樹，一眼看到這屋子，我馬上知道菊市先生是「爺役」——即擔任司祭的任務。

中村先生先在裡面和家人交涉，我在外面等著。剛才看見的小孩把手插入褲邊稍微下滑的口袋裡，站在稍遠處看著我們，仔細一瞧，才發現這小孩光著的腳上沾滿了泥土。烏鴉仍在叫著。

「好像不喜歡和我們見面哪？」我對次郎說。

「不會的，助理去交涉，一定不會有問題。」他的話使我稍微安心。

最後總算談成了。我們踏入泥土地的房間裡，有一個女人從昏暗的裡邊一直看著我們，我以一．八升的酒代替名片，遞給對方，對方沒說什麼。

屋內很暗，雖然與天氣有關，可是那種陰暗會令人覺得即使是晴天，恐怕也沒有多大的不同，而且，有特別刺鼻的臭味。

川原菊市先生是位六十歲左右的老人，他沒有正視我的臉，以宛如注視某處卻帶有恐懼的眼神回答我。他的回答都很簡短，可以感覺得出是希望我們趕快離開。好幾次談話中斷時，我的視線就極力搜索，除了屋內，連土間的石臼和草蓆及稻草束都不放過，我要尋找爺役的手杖和安置「納戶神」的地方。

爺役的手杖是只有爺役才有的。主持受洗時是使用樫的手杖；祈求家裡平安時，是使用茱萸手杖，但絕不是用竹子做的手杖，很顯然地，這是模仿「切支丹時代」神父們拿的手杖。

我雖然很用心地搜索，但是對手杖和藏「納戶神」的地方，仍然一無所獲。好不容易才聽到菊市先生他們傳統的祈禱，與其他隱匿的天主教徒們的祈禱完全相同，盡是些充滿著悲傷和乞求寬恕的禱文。

「在這涕淚之谷，您嘆息哭求……」菊市先生神情專一，吟唱著一種輕細的曲調。「我們的主保，求您回顧、憐視我們。」那曲調跟昨夜次郎唱的完全一樣，拙劣地把一些話語串連起來，似乎在訴說著什麼。

「在這涕泣之谷……」

我也反覆地唱著菊市先生的禱詞，想記住那曲調。

「向您嘆息哭求……」

「向您嘆息哭求……」

「求您回顧、憐視我們……」

「求您回顧、憐視我們……」

我的眼神又浮現出一年一度被強迫去踩耶穌的圖像，參拜佛寺的晚上，回到部落之後，在這黑暗的家裡，唱著祈禱歌的隱匿天主教教徒的情境。「我們的主保，求您回顧、憐視我們。」

烏鴉仍在啼叫，我們沉默了一陣子，我看著從屋簷外湧過來的濃霧。或許是因為起風了，乳白色的濃霧流動得更快了。

「不能讓我們看看……『納戶神』嗎？」

我結結巴巴地說，菊市先生的眼睛仍然朝向別處，沒有回答我。所謂「納戶神」當然不是天主教的用語，而是供奉在倉庫裡的神，隱匿的天主教教徒們，把自己祈禱的對象藏在最不起眼、最不容易被發現的倉庫，稱為「納戶神」，用以矇騙官吏的耳目，即使在承認信仰自由的今天，隱匿的天主教教徒們，仍然不願意把「納戶神」給異教徒看，還有很多教徒認為，要是異教徒看過之後，必會玷污了「納戶神」。

「老遠地從東京趕來的，您就讓他看看好了！」

在中村先生語氣微強硬的「拜託」之後，菊市先生總算站起身來。

我們跟在他後面走，經過土間時，剛才黑漆漆的房間裡，有一個女子以異樣眼光，一直瞪著我們。

「小心哦！」

走過彎腰才進得去的入口之後，準備進入「納戶」時，次郎從背後提醒我，在比土間更暗的這個空間裡，飄散著稻草和馬鈴薯的腥臭味，正對面擺著有蠟燭的小佛壇，是偽裝用的吧！菊市先生的視線轉向左邊。循著那視線看到接近入口處掛著兩塊不容易被注意的淺黃色垂幕，棚上放著餅和祭神用的酒，菊市先生滿布皺紋的手，開始緩慢地掀起那布幕，露出土黃色掛軸的一部分，「是一幅圖畫啊！」次郎在後面嘆了口氣。

那是抱著基督的聖母像，不，那是抱著嬰兒吃奶的農婦畫像，小孩穿的是淺藍色的衣服，農婦的衣服塗成土黃色，一看這幼稚的色彩與結構，就知道這是很早以前，某位隱匿的天主教教徒所畫的。農婦袒胸，露出乳房，帶子紮在前面，感覺像是工作服。那是張這島上隨處都看得到的臉，那是一張一張讓嬰兒吸吮著奶，一邊耕旱田或織網的母親的臉，我突然想起剛才拿下頭巾向助理點頭的那個母親的臉。次郎苦笑著，中村先生雖然臉上一本正經，內心一定在偷笑。

儘管如此，我的視線卻一下子離不開那用笨拙的手畫出的母親的臉。他們面對著這幅母親的畫像，雙手交叉在胸前，吟唱著祈求寬恕的禱詞，我心中充滿了感慨，不知他們是否也和我有著相同的想法呢？從前，神父們懷抱著父神的教誨，越過萬里波濤，才來到這個國度，而那父神的教誨在神父們被驅逐出境，教會被剷平之後，經歷了長久的歲月，在日本隱匿的天主教徒中，不知何時他們拋棄了不合適的規條，把它轉變成純日本式的宗教之本質——即對母親的思慕。那時，我也想起自己的母親，而母親灰色的影子也站在我身旁，不是拉小提琴的姿態，也不是捏著念珠的姿態，而是站著兩手交叉在胸前，用微帶哀傷的眼神注視著我。

一出部落，濃霧已經散開，看得到遠處的黑色海洋。海，今天也被風吹得波濤洶湧。看不到昨天探訪的岩島，山谷裡霧更濃，烏鴉在飄浮著濃霧的樹上啼叫著，我在心裡輕輕吟唱著剛才菊市先生教我的祈禱詞：「在這涕淚之谷，我們的主保，求您回顧、憐視我們……」吟唱著隱匿的天主教教徒們繼續唱下去的祈禱詞。

「真是莫名其妙！給我們看那種東西，您一定很失望吧！」

走出部落時，次郎認為這是自己應負的責任，向我道歉了好多次。助理拿著途中撿到的樹枝當手杖，默默地走在我們前面，他的背很堅硬，我卻不知道他在思考些什麼！

8 我的東西

看著蹲在燒洗澡水的灶前，把木柴往灶裡送的妻，勝呂覺得妻子好一副疲倦的臉。被灶口的火焰燻得有點腫起的眼瞼和臉頰上，紅色的火影晃動著。自己為什麼會和這個女人結婚呢？昨天下午三田告訴他意外的決定後，勝呂好像現在才考慮到似地思考著這問題。外頭下著雨，雨已經連續下了三天還沒停，庭院中的八角金盤連根部都濕漉漉的。小孩的內衣褲和睡衣沒法曬在庭院裡，全部吊在浴室和走廊下，衣服的濕氣和臭味使得中年的勝呂想起自己疲憊的婚姻生活。

「哎呀！好無聊呀！」小孩纏著他。「講故事給我聽嘛！」

「好呀！講什麼呢？」

他眼睛看著窗外雨中的風景，歪著頭。這是剛剛開發的住宅區，距離東京四十分鐘的車程。本來是丘陵地，在翻出來的紅土地方，已有建好的零星小住宅，但仍殘留著有栗樹和漆樹等的雜樹林。雜樹林中，雨，當然也連續下了三天。

「有一天，小孩在雜樹林的附近打棒球。球滾到樹林裡，小孩撥開草叢往樹林裡頭一瞧——」

「怎麼樣了？」

「往裡頭一瞧呀！」勝呂有點惡作劇地接著說。「有一個像父親一樣的中年男人上吊。他穿著褪了色像睡袍的衣服，在澡堂裡沒有好好洗淨的兩隻腳，一動也不動地垂著。」

「不要對小孩說那種奇怪的話呀！」邊關上灶口蓋子的妻，生氣似地嘟囔著。

「他為什麼上吊呢？像爸爸的那個男人其實也沒做什麼事。既不是經商失敗，也不是夫妻吵架，所以，大家都不知道這個男人為什麼上吊？……可是，有一隻狗，以哀傷的眼光注視著那雜樹林。」

「狗？」

「是呀！好！故事到此結束了。」

「什麼？這樣就結束了？好沒意思呀！」

勝呂抱著膝蓋想：我這一輩子不會離開老婆和小孩的。勝呂的雙親因彼此憎恨而離異。然而，他會和這身材肥胖、滿臉倦容的妻子廝守一輩子吧！因為，有時候勝呂把妻疲倦的臉和「那個男人」的臉重疊在一起。我一輩子不會拋棄「那個男人」吧！就像不拋棄老婆似地，我也不會拋棄「那個男人」，不會拋棄像注視著雜樹林的狗的眼睛那樣帶著哀傷的眼光的那個男人吧！

昨天，和今天一樣是個下雨的日子，勝呂在新宿混雜的爵士咖啡廳中和三田談「那個男人」的事。在叫作情侶座，或像二等車廂那樣併在一起的座椅上，年輕的公司職員和學生們把身體靠緊女孩坐著。只有勝呂和三田是兩個男的坐在一塊兒。找不到別的地方也沒辦法，兩人坐的椅子彈簧已經鬆了，剛離開的年輕男女的餘溫猶存。

「你說有話要說，是什麼？」

「我，下個月……」

三田一隻手拿了濕的雨傘柄，不知為什麼竟閉上眼睛。他的右臉頰下方鼓起如貼著小袋似地，正動著呢！三田說那是良性肉腫。朋友們為他取了「馬」的綽號，有了這肉腫看來就更像馬了。

「這家咖啡廳好吵呀！」

「今天是星期六人多。」

「你要說的是……」

「我，下個月想受洗。」

這麼說著的三田就像脫掉內褲站在醫生面前的青年，臉紅紅的，眼光落在猶有果汁餘滴的杯子上。三田和勝呂都是將近四十歲的小說家。在長久的交往中，雖然彼此從作品揣測對方的心意，但是從沒有像現在這樣面對面談心事。把自己的內心毫無掩飾地顯露給別人看覺得難為情；即使在小說中，他們也不可能赤裸裸地把自己完全暴露出來。就像水從笊籬流出似地，在小說中我們所能描寫的充其量只不過是自己所能掌握的心的領域罷了。

「哦，洗禮嗎？」

「嗯！」

三田的太太老早就是教徒了，而三田一直很頑固地拒絕受洗。勝呂是小時候就受洗了，或許是因此三田才向他吐露這件事吧！

可是，勝呂並不喜歡信仰啦、洗禮等的這些辭句，他覺得這些辭句就如日裔二世的名字，如約翰小林啦，或者是亨利山田那樣，既膚淺又幼稚。不僅如此，甚至於覺得這些話是把自己的內心若無其事地暴露在他人面前，簡直就是沒神經！不只是洗禮、信仰這些字眼，連神這個沒有個性的字，不知從什麼時候開始勝呂就不喜歡從口中說出來了。他盡可能地選別的字眼來稱呼祂。他喜歡用能夠產生具體感覺的字眼來稱呼祂。可是，他不知道除了「那個男人」之外還有什麼日本話可以稱呼祂而不覺得難為情。「那個男人」從勝呂的少年時代起就在他心中和他一起成長。今天勝呂正是留著幾根鬍子、滿臉倦容的中年男子，而「那個男人」也應該是滿臉倦容的中年男子了。勝呂無法用「神」等沒有實感的、語意不明的話來稱呼「那個男人」。

「怎麼了？怎麼突然，改變心意了呢？」

為什麼相信神的存在了？話說出去後才察覺到問得這麼露骨是失禮的。鄰座的學生和把頭髮染成金色的少女雙手手指交叉著，少女把身體靠過去，男的不好意思地避開了。從後座傳來：「可是，對那件事，你不會惱火嗎？」、「你看過社長觀光記這部電影？」、「你這傢伙簡直就是白癡！」等等的對話。背後發出巨大聲響，似乎是服務生把放在盤子上的杯子弄掉了，大家都回過頭來看。在這家瀰漫著菸味和被雨淋濕的鞋臭味的咖啡廳裡，似乎不是談論神的存在等等問題的場所。從窗戶看得到新宿的混雜；等著綠燈的巴士和汽車；洗衣機的廣告；聚集在大減價的鞋店的女孩子們；勝呂心想：在這哪裡都看得到的日本的骯髒街道上，如果找不到「那個男人」，即神的存在的話，你的小說有什麼用呢？

「為什麼……我自己也說不出來。」

三田想說出自己要受洗的動機：半年前，和老婆一道去羅馬時，兩人參觀過梵諦岡宮殿，太豪華的這棟建築物和廣場讓他覺得不舒服；逛了耶路撒冷，看到像善光寺被世俗化了的景物，他感到煩躁。然而，人，對於打從心底就沒興趣、也不喜歡的東西，應該不會不舒服，也不會煩躁才對。在從印度飛回羽田的漫長航程裡，他反覆地思考這件事。

「耶？要談的就只有這些？」勝呂有點諷刺地說。「多麼通俗的話啊！」

「嗯！是很無聊的話。」

勝呂當然瞭解；信仰的動機是無法說明的。臉長得像馬，眼睛一眨一眨的三田所做的說明，不過是內心的祕密那座冰山的一角罷了。內心要能完全接受「那個男人」，在意識的外側是需要如松樹表皮的東西附著的。把那層表皮剝下，白色的樹汁會流出來吧！可是擠出樹汁的事，是無法道出的。三田要怎麼說都可以，就算三田告訴他，我之所以要信天主教是因為早上眼睛一睜開，看到天空很晴朗，這種理由勝呂也能夠接受的。

「你，還有長尾，我好羨慕！」

「怎麼說呢？」

「因為你們兩人都是自己選擇的。」

長尾是和三田、勝呂一樣年近四十的作家。因為老婆的神經有點不正常，幾年前就到他們夫婦的故鄉——日本邊緣的某小島去。勝呂沒聽長尾說過為什麼改信天主教；不過，從他的小說中知道他是夾在生了病而脾氣暴躁的老婆與生病的小孩之間，過著好像在地上爬行的非人生活。他緊緊守著那種生活，並不逃避，準備一輩子背負著。要背負那樣的生活，意義是必要的；不，是因為有意義才背負著。總之，長尾也和三田一樣是依自己的意志選擇信仰的。

在栗樹和漆樹的雜樹林中，有時候會落下讓人發抖的濁雨；那雨聲連他家裡都聽得到。三田和長尾都是用自己的手挑選「祂」的；而勝呂並非依自己的意志選擇信仰，一直到現在他對那件事仍然感到遺憾。不，不僅如此，那時的勝呂年紀還輕，連一點信仰都沒有就被受洗了。對了！家裡還留著那時的照片。臉黑黑的，脖子向前伸，說話聲音怪怪的，而大家叫他烏鴉的也就是那時候。照片中的他，恐懼的眼神注視著前方。

還記得：媽媽和烏鴉兄妹搭的船從大連開往門司，油漆的臭味和從廚房飄出的醃蘿蔔的臭味充斥著整條船。從圓形窗戶往外看，只見中國海那黑色的海面上，白色的波浪浮上來又沉下去。

「哥哥，聽說我們要去神戶的姨父那邊；哎呀，討厭哪，這雙襪子又破了呢！」

毫不懂事的妹妹還把有破洞的襪子拿到勝呂鼻前，以為等待著自己的是很愉快的生活。

「媽媽，是不是這樣？」

雖說明天就到門司了，會暈船的媽媽還用毯子把身體裹成一團，閉著眼睛似乎很難過。烏鴉看著圓形窗前方、風吹拂著的黑色海面，心想著留在大連的父親和黑色的滿洲犬。對於母親和父親的離異即使沒人跟他說，烏鴉心裡也明白。母親告拆他和妹妹說，不久父親也會回到內地來；可是，烏鴉從母親眼睛的轉動就知道那是謊話。波浪大的時候，連接起床鋪的鎖鍊會發出吱嚓聲。烏鴉聽著那吱嚓聲，把印著有船照片的明信片放在膝上，用色筆寫信給同學，可是寫到一半就撕掉了。因為他想反正不會再回大連，碰不到他們的。

在從門司到神戶的火車上，烏鴉目不轉睛地注視著窗外第一次看到的內地風光。在只看過高粱田和泥土房屋的他的眼中，稻草屋頂的住家和紅色的柿子是很新鮮的東西。

他們此行是去投靠姨媽的。姨父是醫生，是在一家醫院上班，可是在沒有小孩的家中，就跟醫院一樣索然無味。只有一件事讓烏鴉感到挺奇妙的，那就是在不太大的家中，每一個房間裡都掛著有十字架。

姨媽夫婦是天主教信徒！

姨夫沉默寡言，臉上沒什麼表情。對於大姨子帶著孩子來投靠他，雖然沒有抱怨，可是每天從醫院回來只是冷冷地看一下他們，從不跟他們說話。他是以這種態度來告訴太太自己的意見。那時候烏鴉的母親為了討好他姨父，還故意裝得很開朗地問今天是不是很忙呢？患者怎麼樣啦等等的話。可是，姨父臉上連一絲微笑也沒有，只回答「嗯！」或「耶！」，吃完飯後就把醫學雜誌往膝上一攤，自個兒看他的書了。

烏鴉小孩子的心中已經感覺到姨父不喜歡他們。烏鴉斜倚窗前，看著晚秋微陽灑落的六甲山山脈，心裡回憶著父親，以及父親和母親住的大連的家，還有馬車在下雪路上搖晃的晚上。可是，他不知道為了自己和母親要怎麼做才好。

為了要討對母親和自己無言的姨父的高興，他拚命地尋找話題。可是，話堵在喉頭說不出來。

「姨父，這是……什麼呢？」

妹妹指著茶間用釘子釘著的十字架一點也不害怕地問姨父。當然，妹妹在大連的俄羅斯人教會中看過那東西，即使沒人教也應該知道。

「十字架！」

姨父從醫學雜誌上抬起眼睛來，只回答這麼一個單字。

「為什麼有這東西呢？」

這次，他拚命地提出問題。可是，他無法像妹妹那樣子撒嬌。

「耶！」

姨父好像覺得他很囉嗦似地，這次連頭也不抬起來。姨媽趕緊從旁打圓場，說：

「阿信，你看過教會嗎？教會就是神……」

對姨媽冗長的解釋，烏鴉只點點頭，他根本不相信那東西。他想起在大連街上賣聖畫和紀念章的老俄羅斯人。

他和朋友們經常對流著眼淚、用被鼻涕弄髒的手帕擦眼淚的老人丟石頭。

每晚，烏鴉的母親一定對姨父和姨媽發牢騷。有一晚，姨父突然露出不高興的表情站起來走出去，留下尷尬的氣氛。姨媽為難似地說：

「姊姊和小孩子們也該睡了！」

跟在丈夫的後面追出去了。三個人在二樓六帖大的房間裡睡覺時，躺在已呼呼入睡的妹妹旁邊，聽母親發牢騷的是烏鴉了。

「說什麼親戚，也是靠不住的。即使是姊妹一結了婚就什麼都完了。」

「媽媽！每天晚上對姨父他們發同樣的牢騷，連我也聽煩了，我們去租個房子住下來吧！」

總不能一直在這裡住下去，姨媽請朋友和認識的人幫媽媽找工作，媽媽會的技能就只有彈鋼琴。烏鴉心想至少在媽媽找到工作之前不要再讓姨父母不高興了，因此，烏鴉從學校回來後，就自動地幫忙打掃庭院，或是幫姨媽做家事，希望能被誇獎幾句；可是，笨手笨腳的他不是把掃庭院的掃把弄斷了，就是中途把包袱巾給弄丟了。

到了星期天姨媽上教會望彌撒，有時候姨父也跟著一道去。姨媽曾邀過媽媽一次，可是媽媽回來之後，用右手拍拍肩膀說：

「哎呀！肩好痠呀！反正都是些不知道是來祈禱的，還是來展示衣服的人！」

「不過，還是去教會好吧？至少姨媽會高興一點。」

自從離開大連，父親不在身旁，烏鴉就變成母親商量事情的對象了。那時候，他也學會了大人說話的口吻了。

「既然這樣你就跟咲子一起去好了。媽媽不想討好他們到那個地步呀！」
「又說這種話了！」
又一個星期日，他下定決心站在玄關穿鞋子的姨父和姨媽背後。可是，他覺得要說的話卡在喉嚨裡，說不出來。姨父默默地看著他的臉。他回過頭來以求救的眼光看著妹妹。
「可以去教會嗎？」
「阿咲想去，」姨媽用側眼看著丈夫，只有聲音顯得高興似地，「阿信也是？」
兩人和姨媽一起跟在走在前頭默默無言的姨父後面。他們搭阪急電車在夙川站下車，天主教的教會這一帶除了神戶外就只有這裡了。
第一次望彌撒，他覺得無聊且是侮辱的。周遭的人突然站起來又跪下。姨媽命令烏鴉坐到兒童席上；他像小猴子似地還得模仿比自己小的小孩做動作。其他的小孩背誦祈禱文時，他呆呆地站著。從窗戶照射進來的陽光使睡眠不足的他的臉感到疼痛，正殿內所有的香爐開始散發出香味後，烏鴉甚至覺得有點想吐。
一小時之後，總算可以到外面時，他感到頭暈，臉色變得蒼白。
「怎麼了？」
姨媽這麼問，他回答不出來。
「剛才我拚命地祈禱喲！」
妹妹仍然裝得很天真地回答，想讓姨媽高興。

「阿信呢？」

「我下次還想來教會哦！」這次妹妹更是像唱歌似地說。從教會到搭電車的斜坡路上，姨父突然靠到烏鴉身旁，以平常所沒有的親切聲說：

「你不喜歡吧？」

之後，每個星期日烏鴉都被姨媽帶到教會去。他覺得要是不上教會，姨媽可能會不高興，而且，他還覺得要是他不這麼做，母親在這家中的處境就更不好了。

第四次上教會時，彌撒完了之後，姨媽帶他到穿著黑色衣服的神父那兒。神父的臉跟他在大連時，在路旁邊擦眼屎邊賣聖畫，把賺的錢拿到白楊樹下算的老俄羅斯人極為相似。

「是嘛！」把手放在烏鴉肩上的老神父笑著說：「以後來參加星期日兒童的公教要理班。有很多小朋友喲！」

烏鴉仰望姨媽的臉，姨媽嘴裡徵求他的意見，臉上卻已在催促他趕快跟老神父道謝。

「阿信，太好了！」

母親知道這件事也沒說什麼，可能認為不是壞事吧！烏鴉和妹妹夾在五、六個年紀較小的小學生當中，日本修女要他們背誦一本小本子。書中有什麼聖靈啦、三位一體啦，好多烏鴉根本不瞭解的話。

沒多久洗禮的日子就到了。他和頭上插著花、身穿白色衣服的女孩，以及穿著水兵服的男孩站在聖堂的最前面。在洗禮儀式之前有形式上的誓約。

「你相信唯一的主嗎？」
老神父把前天像舞臺練習那樣教給小孩的問答又在信徒面前重複。
「我相信！」
妹妹大聲地說。
「你呢？」老神父從眼鏡下方看烏鴉：「相信唯一的主嗎？」
「相信！」
他回答。
看著在灶口添薪材的妻浮腫的臉，勝呂突然想起結婚前，口德不佳的某學長對他說的話：
「娶了一個臉像飯糰的姑娘！」
然而，那像飯糰、圓圓的臉現在膚色既不好，而且也沒光澤了。那時候的苗條身材，現在胖得好醜。心臟不好，有時還會發出「赫赫」像吹笛的聲音。說得正確點，這個女人也不是自己選的，就像少年時代的烏鴉為了掩飾自己的弱點而利用「那個男人」一樣，這個女人也是他為了和周遭的人妥協才結婚的。
那時，勝呂是二十八歲。中學四年時，因母親過世，他和妹妹無所依靠，又回到了父親的家。
「你結婚的對象，爸爸幫你物色。」

父親以平常說話的語氣說。

「爸爸的婚姻失敗了，年輕的時候沒有選擇女人的眼光。」

勝呂對那時得意似的父親的臉和感覺遲鈍的話感到不愉快，因為他不希望自己的結婚對象還要受他人左右的反抗心理，以及父親對死去的母親輕蔑的語氣。他想起在姨父家，每天晚上數落自己丈夫的不是，對姨父和姨媽抱怨的母親難看的、哭喪著的臉。那張哭喪著的臉的確很難看，可是儘管如此，那張難看的、哭喪著的臉的女人是他的母親。他覺得要是和父親喜歡的女孩結婚，光是這樣也會讓死去的母親那張哭喪著的臉更孤獨。

到父親家來之後，勝呂兄妹幾乎都不談死去的母親的事。不知從什麼時候起，兩兄妹過著和母親毫無關聯的日子，就像從相簿上把母親發黃的照片取下似地，甚至於她的生前也受到大家的漠視。勝呂一方面向這樣的生活妥協，同時也對那樣的自己感到難以忍受的不愉快。

妹妹很快就和父親中意的青年結婚了。

「當人孩子的我不想承擔父母親的過去！」有一天她突然對勝呂說：「我是我，我有我自己的生活呀！」

在這話裡包含著：對兄妹而言，對母親的回憶一直都是沉重的包袱，以現代的觀念可以馬上拋棄的任性的解釋。勝呂沒有和妹妹爭辯，他討厭她。

妹妹每個月回到住在中野區的父親家兩次。和先生、孩子在一起的臉要讓勝呂瞧瞧多麼幸福呀！

「爸爸，阿信也該娶新娘了！」

妹婿比勝呂年長，所以稱他阿信。他是那種即使沒叫他，他也會穿著襪子套上庭院穿的木屐，主動去幫忙在庭院中整理盆栽的父親的男人。

「是嘛！」父親用剪刀邊剪樹枝邊回答：「那傢伙的條件真多，真是傷腦筋！」

「我想只要是爸爸喜歡的人，絕對錯不了的，是不是？阿信！」

在走廊上幫三歲小孩穿白色毛線褲子的妹妹也搭腔了。

「是呀！不要再拖拖拉拉了，爸爸幫他選好了。」

妹妹和母親有著相似的好勝的臉，尖鼻子、還稍微朝上。這個妹妹從前就是這種個性：為了不使生活起波浪，連自己的心情、內心最深處的東西都可以抹煞掉。現在她把那個性轉向穿著襪子套上木屐，沒人要他幫忙就主動幫父親在盆栽上澆水的丈夫身上。勝呂甚至於想著妹妹和丈夫睡覺時到底是怎麼樣的臉呢？

對於接二連三地從父親朋友那兒轉來的照片，勝呂都找藉口拒絕了。只有一次勉勉強強地答應相親。在鎌倉的某座寺裡，對方的女孩在勝呂面前展露泡茶的手藝。

「怎麼樣？你不想結婚嗎？」

連那一次也告吹時，父親很不高興地把勝呂叫到自己的房間裡！父親用熱水把像酒杯的茶杯燙溫後，在餘溫殘留時把煎茶倒進去。勝呂看著父親瘦而細小的手，默默地。

「是不是有自己喜歡的人？」

「嗯！」他撒了謊。「可是，我不知道對方有沒有意思？」

「既然這樣，怎麼不早點說呢？」父親手上拿著茶杯，不高興地看著庭院中的樹叢。

一個月後，他向現在的妻子求婚。完全沒有年輕男人對女人的感情的他，在麵店向這個女人求婚。為什麼選擇毫無情調可言的麵店呢？因為他在心中告訴自己求婚不過是事務性的事罷了；其實，他心中想：為了阻止父親再向他提起婚事，不讓難看的、哭喪著臉的死去的母親更孤獨，只要是一般正常的姑娘，和誰結婚都一樣。在交往的五、六個女孩當中，這個女的是最沒有吸引力的。樸素得像梨花般、一點也不搶眼，即使是宴會時，也選擇角落的位子，飯糰似的臉，默默地坐著。

在麵店他邊喝著麵湯，且說出要和她結婚的字眼時，那一瞬間這像飯糰的臉上，很驚訝地瞪著他。

即使結婚後兩人在一起生活時，勝呂每想起那時她的表情就感到某種疼痛。妻不知道那時自己的心情，不知道那時是為了不想違背死去的母親，在這種自私的理由下才和她踏上地毯的那一端。妻可能一輩子都不瞭解丈夫並不是因為喜歡才選擇自己，而是因為懦弱才和自己結婚的。

老婆逐漸胖起來，變得難看，這種情形有時也會讓他感到急躁。勝呂從沒和她爭吵過，可是這並不表示彼此都滿意對方。有一次，在某個冬天的夜晚，在嬰兒的旁邊他打了她，終於說出不該說出口的話來。

「妳這個女人呀！根本……不是我真心喜歡才選擇的！」像飯糰的臉一直瞪著勝呂，眼淚從像飯糰的臉上緩緩流下。

然而，不管是不是真心的喜歡，勝呂選擇了一個女人當妻子，這行為是不能不承認的。她和他住在同一屋簷下，和他生活，是他孩子的母親，這也是事實。不管是滿意或不滿意，她是和勝呂一起生活著的女人。勝呂認為自己不像別的男人那樣純粹是因愛情而選擇這個女人，然而在愛——這誇張而刺眼——的字眼中浮現出和信仰或洗禮同樣的輕浮意義。愛，這個字在勝呂心中逐漸產生了新的意義。人，會被美麗的東西或漂亮的東西所吸引，可是，那當然不是愛。

「妳這個女人呀！根本……不是我真心喜歡才選擇的！」

某一天晚上，他打她，嘴裡說出不該說的話時，像飯糰的臉一直瞪著勝呂，當眼淚從像飯糰的臉上流下時，勝呂覺得這個女人仍然是自己的妻子。由於心臟衰弱，「赫赫」地喘著氣；把煤炭和木材放進灶裡，眼瞼和臉頰浮腫，有白色煙灰附在頭髮上；那張臉是哪裡都看得到的憔悴的老婆臉！可是，毫無疑問的那是勝呂的作品沒錯，就跟勝呂從蒐集材料，經過捏合、焦躁，最後才寫出來的差勁小說一樣，那是他自己的人生的作品。而且，在那張憔悴的臉的後面，他發現到另一張臉——就跟妻子一樣，那也不是他真心喜歡才選擇的；跟對妻子一樣，他憎恨祂、打祂，然而，在「妳這個傢伙……根本……不是我真心喜歡才選擇的！」不知罵過多少次後，他發現到「那個男的」疲憊不堪的臉。

就跟在麵店不知勝呂的內心而答應嫁給他的妻一樣，「這個男人」也在冬天的某個早上，在夙川的教會中，把烏鴉根本不喜歡卻說出口的公教要理的形式上的誓約當真，而跑到勝呂這兒來了。和妻子一樣地，發出「赫赫」像吹笛的聲音，喘著氣、一副難看的臉，在這三十幾年之間，卻一直是他的同伴。

當他罵「這個男人」不是自己真心喜歡才選擇時，那像狗的哀傷的眼睛一直注視著他，眼淚緩緩地從臉頰上流下來。那是「那個男人」的臉！只有勝呂知道那不是宗教畫家描繪的「那個男人」英俊的臉。如同不拋棄妻子般，也不會把祢拋棄的！像虐待妻子般，也虐待了祢。今後，像我虐待妻子般，我不敢說一定不會虐待祢，可是，這輩子我不會把祢拋棄的。

雨，好不容易停了。勝呂帶著小孩，走下積水多處的丘陵路，要到車站前的香菸店去買菸。天空仍然被多層的灰雲掩蓋著，微弱的陽光從些許的隙縫中鑽出，照射到路上的積水發出亮光。

「那是蕺草喲！手碰到了會腐爛的呀！」

勝呂斥責蹲在草叢中正要摘白色花的小孩。

「趕快來！我們要走了！」

「就是這片雜樹林嗎？」

「什麼呢？」

「爸爸剛剛說的故事呀！」

兒子把小石頭丟向雜樹林裡。

9 化妝後的世界

那天，拜託惡友向電影道具館借來茶色的和服與短外褂、頭巾，以及假鬍鬚、假眉毛。

「沒想到假鬍鬚和假眉毛那麼貴，但做得很精巧，聽說沾水貼上去絕不會掉下來。」惡友慫恿梨吉。「趕快穿看看！」

站在鏡前，穿上像茶師傅的和服、短外褂，戴上頭巾，和服已褪色，有點髒，貼上白色鬍鬚和假眉毛，映在鏡中的是連自己都會吃驚的老人形象。

「嘿！像水戶黃門，」惡友拍手叫著。「誰都不認得你了。」

「真的嗎？」

「真的，真的，真有趣，很好玩。」

梨吉半得意半難為情地看著鏡中的自己。梨吉是四十歲左右的中年男人；但眼前的模樣卻像是七十歲或七十五歲的醜陋老頭，而且不是那種徹底體悟人生的老人家，看來就像他本身一樣，對人生還有著無限的眷戀，無窮的慾望。突然想到自己要是再活二十年或三十年（身體一向虛弱的他，實在不敢想像能夠活到那年齡），也將變成這張臉、這副模樣時，不禁淒涼。

「一副老色鬼的臉！」

「哪裡，哪裡是那樣的。是像『拿鍋蓋比武的塚原卜傳①』。」

這樣改裝並無特殊的目的，平常就喜歡開玩笑，想到什麼就嘗試看看，當然沒敢讓太太知道，否則一定會遭頓大罵。家人也會把他當成輕薄的男子。不過，現在管不了那麼多了。

依著那副打扮，坐上了友人開來的中古車，他家在郊外，車子一進入市內，一如往昔映入眼簾的是粗糙的大樓、廉價的廣告。或許是因為天空陰暗的關係，大廈的牆壁看來冷冰冰的，骯髒的廣告下邊過往人群匆匆忙忙地走著。大廈、建築物、行人，都不曾使他心動，那些是和他無關的物體。

「唉呀！真無聊。」握著方向盤的惡友說：「真是無聊透了。」

「怎麼樣？咱們到酒館去，看看前輩和朋友們能不能看穿這老人是咱裝扮的。」

「大概會有一半瞧不出吧！話不要講得太多，還有不要亂動。我剛剛看你的背部，總覺得你本來的味道太濃了，不要讓對方看你的背部！」

臉和身體的正面能夠用演技加以掩飾，但是背部卻明顯地呈現出原來的姿態——孤獨的樣子，或淒涼的身影。自己雖然很注意，終究還是失敗了。

「留意這些，應該沒問題吧！」

車從新橋向左轉，擁擠的車燈像水果箱被遺棄的石蠟紙，畫出一道弧線，這裡每天都一樣，什麼也沒變。

惡友和他把車子停在有酒館的大廈附近的停車場，穿越行人道，情侶模樣的男男女女看到跟夜市極端不協調的老人時，都吃驚地回過頭。

①塚原卜傳（1489-1571），又名塚原高幹，日本戰國時代劍士、兵法家。

「不行呀，真不好意思。」

「還說什麼？要有涵養、涵養！」

兩人在大廈下邊等電梯時，從樓梯下來三個中年男人，可能是剛從酒館出來，看到像水戶黃門打扮的梨吉，身體僵得有如電動木偶。

「唔！」其中一個可能醉了，臉紅中微黑，喃喃自語。「這麼老了都還這麼拚，來這裡玩，我們不加油也不行呀！」

那不是譏笑或諷刺的聲音，因此可以肯定那個男人的內心的確這麼想。其他二人「唔！」「唔！」點點頭走出大廈。

「傑作！傑作！」惡友邊按電梯的按鈕說。「你看，對方完全相信你是老頭子。要有信心，既然做了就不要不好意思，淺嚐則止是你的壞習慣。」

惡友先推開了酒館厚黑的門進入裡面，梨吉也跟在後面。雖然被朋友說了一頓，他仍然縮著身子不敢抬頭，連眼睛也不敢張開。

剛剛還大聲喧嘩的客人和女服務生，頃刻間戛然而止，可以感到許多視線投到自己身上來，儘管是低著臉，或許因為多少累積了一些經驗，他很清楚地瞭解視線中充滿驚訝和困惑，但沒有輕蔑和嘲笑。

為了不使背部讓人看到，他和惡友坐在門邊的椅子。惡友小聲地說：「混蛋！不要發抖！」女服務生或許還在猶豫，並未到旁邊來。

「誰來了？」梨吉低著頭偷偷地問。

「H先生來了，還有K先生也在。」

H先生和K先生對梨吉而言都是前輩。

「對方不認得是咱嗎？」

「不認得。對方的臉似乎盡量不朝這邊看，不過，偶爾會偷偷地瞄一下，既然盡可能不看這邊，表示對方還沒認出來。」「請問您喝什麼呢？」好不容易來到身邊的女服務生，一副困惑的表情。

「坐！」惡友說：「看清楚這位爺爺，這傢伙是誰？」

「咦！」女服務生站著端詳了梨吉一陣子，突然大聲叫了出來：「好過分呀！啊！真是化妝得太像了。嚇了我一跳，一點也看不出來，我真服了您。」

由於這一喊，H先生和K先生都朝這邊看。聽了女服務生的說明之後，H先生的臉上現出困惑的表情，他的臉頰上有像黑痣般的污點。「你這傢伙為什麼要做這種打扮呢？」

「算了，不要管它。H先生不會瞭解的。」走到外面時，惡友對梨吉說。梨吉也因為兩、三杯酒下肚的關係，比先前更有精神，對於過往行人的眼光，絲毫不覺得難為情。三個老外走過，不知興高采烈地說些什麼，要惡友說明。惡友從後面追上來說：「咱對他們說你是茶道的名師喲，他們就很欽佩地看著你。」

偶爾，「你期待什麼呢？」的聲音，如被風吹過來的破布浮現在頭上，但是很快就消失了。為了拂拭掉這聲音，他走路的樣子和姿態比剛剛更像老人，這一來說也奇妙，人們就不再回頭來看他了，或許以為他是真的老人吧。

邊走著，他想起阿蘭的話：「並不是因為生氣才舉起手來，而是手舉起來後才怒氣上衝。」

這句話真有道理。咱們現在不是中年男子，而是老人哦，是六十五歲的老人。把他當成二十五年後，不必化妝，一個真正的老太爺正走過這兒。酒館的門開了，送走客人的女服務生談些什麼呢？女裝店櫥窗裡五顏六色的布塊令人目眩；在咖啡廳碰頭的年輕男女談些什麼呢？車子停下，穿著時髦華麗的女人走出來；你到底期待些什麼呢？這些都已經跟六十五歲的衰老沒有關係了。

那時你會怎麼看這些東西？有什麼感受呢？你會嫉妒在這裡晃蕩的人們嗎？或者，你會為了告訴自己仍然活著，因而上氣不接下氣地走在這樣的夜市街上，被大家認為是醜陋而膚淺的老人呢？

「還是搞不太懂。」

「什麼事？」

「老人的事。」梨吉對惡友說。「成為老人之後會怎麼樣？咱們中年人還是活得太任性了，因此這一點和青年時代相比，並沒有改變。青年人還年輕會被原諒，並因為年輕，所以別人會以寬容的眼光看待；而中年人也一樣，因為中年人會因著某種形式，有助於社會的關係；而社會也不會因小事對中年人過於苛責。可是若失去了年輕，對社會無益的老年時代到來的話，就不是這樣子了。變成醜陋、無用時，社會是冷淡的……。那時候怎麼樣才能活得有意義呢？」

「不知道。」惡友回答。「要活得不致變成別人的包袱！」

「不要變成別人的包袱，這是很難的呀！」梨吉止步思考著。

「這是很難的，咱實在沒信心。」

他瞭解即使幹這些事，老人也不知道「你到底期待些什麼？」。旁邊有烤芋頭的小攤子，兩、三個酒館的女人用紙包著烤芋頭。

「沒辦法，這樣子吧！」梨吉向惡友建議。「以咱們所在的地方做五〇年代，從這裡直往前走，第一條街當六〇年代，第二條街當七〇年代吧！」

「你準備活到七十幾歲？」

「嗯！總之走到那裡再結束吧。咱也覺得這遊戲有點無聊了！」

兩人的面前，有一條筆直的路直通往前方電車路。這條盡量想像著那種年齡應有的模樣。體力還跟現在一樣，對路過的美女眼睛也會瞄一下；對櫥窗裡的珍貴物品，會駐足參觀吧！他想起剛剛對自己說「你為什麼做這麼無聊的打扮呢？」的H先生那張不高興的臉。這個人屬於五〇年代，他的臉頰上有像黑痣般的骯髒污點。

「六〇年代了！」惡友說。五〇年代的路已過了。這裡微暗，想起父親的事，腦海浮現出辭去公司董事長之後，突然變得薄的背部朝著這邊，一直注視著雨中庭院的姿態。那是戰敗者的背部，不知敗給什麼。假若不是戰敗者，就不會有那麼薄弱的背部，用那種眼神一直注視著庭院。

「是七〇年代了！」惡友說。「到這裡就完了。」梨吉發現路的盡頭燈光已熄滅，一片漆黑的四樓建築物。那建築物已死，自己與那建築物之間只剩下些微的距離。離死期很近時，人到底怎麼想呢？所謂老人的孤獨，是否無法挽回？不可能回到原來的路上重新再走一次。對於人生不能有兩次體驗，可能沒有比這年齡更深刻了。他的後面拖曳著許多殘骸，好不容易才走到這裡。現在無法讓那些殘骸再恢復生命；他連補償人生的時間都沒有了。

夜遊使梨吉嘗試到變成他人的愉悅。當然，並不是因為打扮成老人才能瞭解老人的感情與孤獨，他想，沉沒下去的也不過是極微薄的同類型之物而已；可是把自己打扮成別人，讓他人認不出來，即使只是一小時，本身就有一種不可言喻的快感。因為產生了一種能夠稍微嘲笑一下他認為無法超越生命、時間與無可奈何的人的法則之優越感。梨吉心想以後還要做幾次這種遊戲，因此他拜託惡友下次假髮和假鬚不要用借的，要用買的。想出去散步一下的時候，故意換一副眼鏡，貼上假眉毛外出。

因此瞭解到：人們對於他人只有多麼模糊的認識與記憶。有一天他穿著賽馬預測者所穿的外套和絨棉長褲，戴上粗框墨鏡，貼上山羊鬍到新宿。他以那副模樣到書店買書，到咖啡廳喝咖啡，沒有人覺得他奇怪。不過，當他要書店的女店員把書包起來時，她微露出奇怪的臉色，因為這位客人買了和服裝完全不對稱的書之故；可是梨吉感到一種幹得好的愉悅。他在小咖啡廳中慢慢品嚐熱咖啡，同時仔細享受現在的自己非自己的感覺。想想！坐在這張椅子上把咖啡杯端到嘴邊的這個人，是這個社會哪裡都沒有紀錄可查的非實際存在的人。誰都沒有發現到他，想到這裡，湧上了一種連背部都會抽動的奇妙快感，而且開始沉浸在由於自己非實際存在的人，不必受到社會道德規範約束的某種異樣微溢的解放感之中。

喝完咖啡，他故意在人行道上吐痰、打呵欠，一直走到火車站。那時他看到認識的編輯迎面而來。一瞬間，梨吉停止腳步，感到難為情，但馬上轉換成挑戰的心情，故意撞他的肩膀看看。不過，梨吉只看到對方露出生氣的表情，若無其事地走過去。似乎根本沒認出是梨吉，那時梨吉感到一種昏眩的快感在背部游走。

「從不知道還有這麼好的遊戲……」他對惡友說。「不過，好像有只能到此為止的感覺。」

「為什麼？」

「年紀大了之後，不必化妝自然就是老人。做流氓的打扮，那種感覺不知是怎樣？現在並沒有多大改變，街道還是以往的街道，建築物也和舊有的街道沒兩樣，所以啊！沒什麼意思！」

他無法向惡友解釋得清楚。可是每一次化妝後走路時，總會有「你到底期待著什麼？」的聲音，像被風吹過來的破巾一樣掛在他頭上。是了，做這麼輕薄的遊戲，你到底期待什麼呢？

想到這裡，梨吉回憶起五年前的某個經驗。五年前他接受兩次大手術，兩次都失敗了。第三次手術的危險性連醫生都猶豫不決，經梨吉央求之後，醫院才狠下心來。

手術前一天的傍晚，梨吉把臉貼在病房的窗上，注視著中庭的樹。不知名的樹，風吹來，樹枝一半已開始枯乾的葉子晃動著。梨吉想到明天自己在手術檯上，或許會因失血過多而死也說不定。（因為他的肋膜過於黏合，事實上，醫生也對治癒的可能性感到不安。）而現在的風吹，枝上的葉子是否除了現在之外，看不到第二次呢？那一瞬間，一片片的葉子，宛如透過放大鏡般，連葉脈的細絡都清清楚楚地映入眼中。不知為什麼，那些葉子各自為了表示本身的存在而搖動著。那時他有種異樣的感覺，跟自己活著一樣，對葉子的生命，胸中感到一陣銳利的刺痛，他的心翻轉絞動不已。

很幸運地，手術成功後的兩個月，窗前的葉子已完全掉落。樹幹和樹枝跟平常看慣的同樣平凡且乏味；而且那次之後，他的心裡未再有過那樣的變化。

「在咱的生涯，即使一次也好，想化妝成自己不可能會有的樣子。」

「女人？」惡友笑了。

「女人是不可能，你那副臉和體型。」

事實上梨吉也有過想化妝成女人的慾望，孩提時代，曾頑皮地穿著堂妹的洋裝，當然那也只是覺得好玩罷了。

「咱在自己的小說中不寫女人。不是不寫，而是沒辦法寫。」

「能寫的話，以小說家而言是成功了。」

「可是，究竟怎麼一回事呢？到目前為止，小說中所描寫的女人，是現實裡的女人呢？或是男人看到的，男人想像中的女人呢？」

譬如在某處風景之前，男人說好美啊！女人也說好美啊！但是男人好美的感覺，和女人好美的感覺是同樣的感受嗎？說不定兩者本質上全然不同，結果都變成「好美啊！」這句粗略的、模糊的話語也說不定。如同男女對性的感覺完全不一樣，其他感覺可能相似，或許完全不同，梨吉可能連這個都不懂。

到那時為止，梨吉從未見過男妓，想到這裡突然有個慾望和男妓交往。自己沒辦法打扮成女人，至少看看有著男人身體卻做女性打扮的男妓也好。他的夥伴中有一位叫Ｙ的惡友對那個世界有些認識。

「嗯，那麼從淺草仁丹的廣告塔向吉原的方向，往圓環右邊稍向前的地方有一家叫Ｋ的店。」

神經纖細的Ｙ，馬上告訴梨吉怎麼走，也沒詢問他為什麼想去那裡。

傍晚下著雨，計程車司機邊走邊找那家店。

「可能是那家吧，不是酒家，只是一般的小酒館。」

梨吉靜靜地進入吊著提燈的小酒館，還沒有客人來。年輕的小妹正用布擦拭酒杯，壁上貼著兩、三張女人的照片。

「阿　在嗎？」

梨吉說出Y告訴他的名字，小妹到店裡面去找阿　，在入口的對面，細雨像針般地下著。有木屐聲，邋遢地穿著和服的女人，雙手摩擦著走進來。

「對不起啊，阿　現在不在，我不行嗎？」

聲音沙啞得厲害，因此馬上知道是男妓。梨吉發現他的咽喉有喉結，手也和男人的手一般大小。

「哎呀！你不合那位先生的口味呀！」男妓說。

「一下子就看得出來嗎？」

「知道呀！是那種客人或不是……」

叫了啤酒，不知正向梨吉說些什麼。心想要是一不小心臉上顯露出厭惡的表情，傷到對方的自尊心是不好的，因此小聲地說些無關痛癢的事。不過，非問不可的事還是得問。

「那照片……」他的眼睛轉向牆壁上。「是你還是阿　？」

「啊！正中央的是我，右邊是阿　。」

聽了隆乳術等等的話之後，他要求隔著衣服摸摸男人的胸。那乳房真是豐滿、柔軟，就像女人的乳房。

「當男人的時候和現在當女人，每天的感覺不一樣吧？」

「具體地說是指什麼？」

「也就是說，你當男人時看過天空的顏色和樹吧！那時的感覺和現在變成女人的感覺是否不一樣？」

「那當然不一樣。不過我從小孩時候起，就把自己當成女人。那時候並不幸福，現在跟那時相比……」

「不，不是問這個。風景或什麼都好，我要問的是看東西的感覺是否不一樣，當男的時候和當女的時候……」

「那是一樣的，黑色仍然是黑色，不是嗎？」

「那不是因為你還沒有完全成為女的緣故嗎？」

「我也想當真正的女人，不過，碰到不能生孩子這個問題，就會意識到自己不是女人。因此這裡的媽媽桑正談著要領養孩子。」

「我想問的並不是那種外表的東西，怎麼說才好呢？」梨吉口吃地說：「也就是說世界是否不同？」

「生活當然改變了呀！」

同樣的話重複了幾次，男妓似乎仍不能理解梨吉的問題。

他意猶未盡地走出小酒館，很溫柔的男妓送他到下著雨的外邊，該再來呀！

走著，走著，腦中仍然感到「你還期待些什麼？」的聲音像破布般掛著。H先生曾說過為什麼做那麼無聊的遊戲呢；梨吉自己也這麼認為。

眼前道路筆直向前延伸，兩旁藥店和腳踏車店林立。電線桿濕濕的，底下攤著一張舊報紙。前方淺草的燈，在雨中朦朧閃爍著。這些風景和他在別的地方所見的一樣。外界影響不了他的心，從這些看來顯得寒傖的風景，無法勾起那次手術前一天，一棵不知名的樹進入他心中時的感覺。顯然地，即使發生革命，這風景也不會改變；那麼你在期待什麼？某日，有燃燒似的晚霞，這個家，這棟建築物，這根電線桿和道路都被染成赤紅，不正變成了梨吉到目前為止所沒看過的世界嗎？可是經過那兒時，你期待著什麼呢……

10 男人與八哥

1

「這裡好陰暗呀！而且就只有四間病房，真是寂寞啊！」

走廊上，有一位年輕男人說。

「哦！你不喜歡這裡嗎？我們是因為這裡很清靜，而且還有陽臺，所以才建議你的呀！既然不喜歡，醫院裡也有特別病房，要不要搬到那邊去？不過那裡可不在保險範圍喲！」

語氣中充滿著厭煩的是被我們患者當仇敵看待的堀口主任護士。她黑皮膚、矮個子、獅子鼻，已經三十二歲還嫁不出去，這並不是因她富有南丁格爾的犧牲精神，而是從沒有男人瞧她一眼。因此，她心胸變得狹窄、心眼也變壞了，一副拿規定壓死人的臉，老是欺負我們柔弱的病患。

「開玩笑！沒有保險怎麼行，我們為了讓老爹入院已盡了全力……」

「那麼您的意思是決定在這兒了，絕對不換房間了嗎？」

主任冷冷地說。

「反正，明天也會有很多想住院的患者。要是明天才想換的話，恐怕……」

「是！是！」

兩人的腳步聲消失在走廊的另一端時，病房的「安靜時間」剛好結束。從松田先生和服部君的房間裡傳出一陣咳嗽聲和呵欠聲，之後，兩人走到連接兩間病房的陽臺（這是主任護士說的；其實是骯髒的晾臺），伸伸懶腰。

「熊谷先生，熊谷先生！三號房好像有人住進來了！」

服部君可能是聽到剛才的對話，對我這麼說。

「好像是吧！」

我按摩著從只穿著一件睡袍中露出的瘦得像火柴棒似的腳，回答他。動了大手術——切掉一半的肺和切斷六根肋骨——之後還不到四個月，從腳到屁股的肉都不知跑到哪裡去了。

「這次住進來的如果是個年輕小姐，那該多好！」

「這不太可能吧！你不知道，女人都很小氣，沒到快死的地步，是絕不會住院的。」

服部君期待著年輕的女患者，並不只是因為他喜歡女人。沒錯！對搖滾樂迷得瘋狂的這位學生是喜歡女人，但最重要的是：我們跟一個月或兩個月的短期患者不同，最起碼住院半年以上，每天過著眼淚都要掉下來的無聊日子。因此非常渴望親切的關懷和某種新鮮的事。

不久之前，三號病房意外地住著一位中年女人。由於穿著樸素，毫不顯眼，我們還都以為是鄉下的中年婦人。當我們知道她就是最近歌舞伎方面，鼎鼎大名的演員的夫人時都大吃了一驚。她在先生舉行盛大的「襲名」宴之前，出院了。

「什麼東西嘛！那個堀口的回答，簡直就是一副要吵架的樣子！」

在陽臺上，一直沒說話的松田，突然這麼說。松田是大阪某公司的課長，他本人對課長這職位似乎有點自傲。自從有一次偷抽菸被發現後，我們三個人當中，就屬他最受到堀口主任的「另眼看待」了。而松田本人對於自己沒受到課長應有的待遇，也藉著臭罵那獅子鼻的女人來打發每天的無聊。

「那女人連一點人情味都沒有。就跟岸首相一樣。」

「老是認為自己很偉大。經常命令患者這個、那個的，還真以為她自己偉大得很哩！」服部君在一旁火上加油之後，「嘿！哪裡偉大？真奇怪！在醫院裡囂張，要是出了社會，像她那樣子呀……」松田恨恨地說，「不過是一頭母豬罷了？」

「就是嘛！是誰也不會瞧一眼的豬。母——豬！」

每天，像是日課似地，我們把堀口主任護士從頭到腳的缺點都挖出來說。理由之一是打發時間。在漫長的下午時間，到六點檢查體溫和吃難以下嚥的晚餐為止，真是無聊。可是，今天跟往常有點不一樣。三號病房馬上就要有新患者了。到底是怎樣的人？什麼職業？還有，尤其是患了什麼病？對這點，我們老患者更是好奇。新病患的病情要是比自己好，總會產生一點憎恨的心理；如果比自己惡劣，又會有種微妙的優越感，這是我們患者的心理。

翌日是雨天。像霧般的雨，從前一天晚上就開始下了。連中庭枯瘦的樹木和雜草的根部都淋濕了。雨中的庭院裡，有兩隻不知從哪裡來的白色野貓。走廊比平常更陰暗、更寒冷；在陰寒的走廊上，載著棉被和皮箱的推床發出吱嘎聲過來了。推床旁邊，有一位戴著無框眼鏡，長得相當英俊的男人跟隨著。

「是他呀！不！不是他。是他的老爸，服部君，你去看看是怎麼樣的人？」
「又是我？松田先生！怎麼什麼事都找我呢？」
「欸！現在聽我的話，出院後我把你安插到我的公司來，我是課長喲……」
服部君把手上拿著的牌子放在滿是皺褶的床單上，走出病房。不久，他回來報告：剛剛有一位臉色蒼白、留著鬍子的老人被用輪椅推進三號病房，而那個英俊的青年似乎是他的兒子，放下行李後就回去了。
「留下斜眼的老頭子，孤伶伶地，膝上還放著鳥籠耶！」
「鳥籠？奇怪的老頭子！是什麼樣的鳥？」
「像烏鴉一樣，顏色黝黑，嘴和胸部是黃色的。熊谷先生，那是烏鴉嗎？」
「是八哥吧！」
「哦，是八哥呀！越說越奇怪了！」
細雨敲窗，一直到黃昏；新患者的病房也恢復了寧靜。不久，護士開始送晚餐了，盤子裡裝的是一片煮魚，冷了的豆腐香蕈湯和醃蘿蔔。
在昏暗的燈下動著筷子時，「熊谷先生，要不要到那老人的房間看看？做例行的招呼？」
服部君邊用牙籤剔著牙，又出現在門口，真是時間太多，無處打發。每當有新患者住進來時，我們這些老患者，總會藉口打招呼，硬闖到新患者房間，告訴他們以後的支氣管鏡和文氣管攝影是多麼痛苦，又多麼難過，而樂此不疲。

我們好奇地走到老人病房時，雖然才七點多，卻已熄了燈。豎耳傾聽也聽不到房間內的聲響，反而是細細的雨聲聽得一清二楚。

2

要不是那老人養著八哥，或許也不會引起我們那麼大的好奇心。對整天無所事事的我們來說，會說話的八哥正是最好的消遣東西！

第二天，有關老人的消息，打聽得更詳細了。他的名字叫中川嘉三，是澀谷區相當大的鞋店老闆；兒子和媳婦對他長期患病，已經厭煩了，所以把他送到醫院來。

「似乎是很典型的現代兒子和媳婦。」松田先生把從年輕的菊地護士那兒收集的情報，轉述給大家聽。「把病人往病房一放，自己就溜回去了。尤其是年輕的媳婦，聽說害怕被傳染到，是在護士室裡等的呢！」

可是，像「姥捨山」①的這種事，在醫院裡並不算什麼新鮮事，尤其是被視為麻煩而送來醫院的肺病或中風的老人意外地多。家人幾乎都不來探望，聽說有的偶爾來一下，還拜託醫生或護士不要用太貴的藥呢！

我把頭伸出窗外，看著微暗的外頭。八哥的鳥籠是放在病房內嗎？毫無遮蓋的陽臺，已被細雨淋濕了。

「那八哥呀，菊地護士今早去量體溫……」這次服部君接著說：

「聽說那老頭子對著八哥，一直說他兒子們的壞話。」

「嘿！講壞話！」

我的眼前浮現了：被家人拋棄的老人，穿著睡袍的胸前敞開了，蹲在地板上，一整天對著鳥籠裡的八哥說兒子和媳婦壞話的可憐模樣！

「這倒是很滑稽，很有趣呀！我也要向他借那隻鳥，對它說堀口主任的壞話看看！」

松田先生吸起禁止抽的菸來了，他似乎當真的；堀口主任一到病房來，那麼松田先生訓練的八哥馬上會張開黃色的嘴巴叫著：「堀口豬！豬堀口！豬女人！」

像昨天起，雨一直下個不停。兩隻白色的野貓在中庭的樹下，一直仰望著天空。

在好不容易雨停了的黃昏裡，意外地發生了可以排遣我們無聊的事件！

最初傳入我們耳中的，是從三號病房窗口傳出的堀口主任的尖銳聲。

「中川先生！您，是不是有哪個地方弄錯了？醫院是治療疾病的地方，可不是養鳥的鳥

---

① 姥捨山為日本長野縣所流傳的棄老傳說，大意為婦人年老後，被兒子背上山去丟掉等死，記載於《大和物語》、《今昔物語集》等古文獻中。作家深澤七郎以此為主題創作小說《楢山節考》，後兩度被改編為電影，今村昌平所導演的版本於一九八三年獲坎城影展金棕櫚獎。

店呀！你照顧自己都來不及了，還照顧得到鳥嗎？」

之後，似乎是病人低沉的、嘶啞的抗辯聲，不過，聽不太清楚。堀口主任對病人的抗辯一句也不想聽，馬上接著說希望盡快把八哥處理掉；然後，響起運動鞋的沙沙聲，似乎就這麼走了。

「豬！豬！哪有這樣的混蛋事！」

主任的腳步聲消失之後，松田先生突然怒吼起來。不只是松田先生，連服部君也大吼地叫著：什麼都拿規定來壓死人，電熱器也禁止使用，也不准和訪客一起飲食，對這囉哩八嗦的豬女人，我快忍耐不住了！對被兒子媳婦拋棄的老頭子，連他唯一的同伴——八哥——都要加以干涉，真是一點人性也沒有。所有對豬女人的不平、不滿，都轉變成對老人的同情。

「這裡難道是奧斯威辛②集中營不成？」

「我們不是犯人，是客人！我們是付了住院費的客人呀！」

然而，患者和集中營的俘虜一樣，住進這醫院後，被迫脫掉華麗的衣服，換上睡袍或睡衣。所有一般社會的服裝和飾物都被強迫取下，而且，在醫生和護士的眼中，不管你是課長或是少東，都只是一個患者。對這一點松田先生、服部君，還有我都覺得很窩囊！

我，嘴裡雖然沒說什麼，可是心裡對堀口主任的態度很生氣，也同情中川先生。不過，感到最受不了的還是，連以後可以讓我們排遣無聊的一隻小鳥都不准飼養的規定至上的態度。

「我跟她拚了！」

「我們一起幹吧！松田先生、熊谷先生，這是被虐待者的戰鬥！」

喜歡搖滾樂的學生不知什麼時候變成了勇敢的革命家。

「等等！」

比較冷靜的我攔住了兩人，「在這之前我們應該問問他本人的意思，再怎麼說，那八哥的主人是老先生呀！」

三人走出走廊，敲三號房的門。聽得到門內帶痰的回聲，這是一間連花和花瓶都沒有的、冷清清的房間。在昏暗的燈光下，中川老人在病床上撐起上半身，披著外套坎肩，用那斜眼，一直注視著我們。果如服部君所說的是位臉色蒼白，留著鬍子的老人。地板上擺著沾滿白色灰塵的尿器，和一個賽璐珞的洗面器，此外，就是有了麻煩的鳥籠。鳥籠的影子長長地投射在牆壁上，那八哥被我們嚇得猛拍翅膀，壁上的影子也跟著晃動。松田先生說出我們探望的心意和感受之後，老人好幾次低下頭來，但是對我們的意見並沒有說出同意或反對。只是，在那無肉的臉頰上浮現出分不出是諷刺或是冷笑的笑容。

接著我們殺到可憎的堀口主任的護士室去。或許是跟平常不同，我們臉上燃燒著俠義心腸，那個豬女人從正在寫著病歷卡的桌上，大吃一驚站了起來。

②奧斯威辛（Auschwitz），波蘭西南部的城市，二次世界大戰時納粹集中營所在地。

「什麼事？你們以為現在是幾點？」

「主任！你知道瑪麗蓮夢露所說的看護是愛的這句話嗎？」

「我不懂那無聊的東西。」

「那麼，我教你，看護就是愛。」

我盡量保持冷靜地說。這種冷靜最後戰勝了堀口主任的尖銳聲音。

「好了！你們要養就養吧！」

她很懊惱似地咬著嘴唇。

「以後不管發生什麼事，不要來找我，我可是先說清楚了，以後絕對不可以要求護士或打掃的歐巴桑幫忙照顧小鳥。我，當然也會不管的。」

「好。什麼拜託妳？我看沒有小鳥……也不會有男人……受妳照顧的。」

3

就這樣子，我們在病房裡養鳥的談判成功了。打呵欠的日子和長期的療養生活，以後將有鳥作伴，可以教牠說話度過愉快的日子吧！服部君把交涉的結果告訴中川老人去了，老人卻說自己年紀大，而且還有點發燒，希望由我們三個人輪流照顧小鳥一段日子。根據服部君的說詞，他曾向老人說：其實三個人都希望能把八哥擺在自己身旁；但是，老人只是默默地，瘦削的臉上現出慣有的微笑罷了。我認為老人已經看穿了我們的心意，嘲笑著我們的好意。對我們一廂情願的想法，他心情上並不舒服吧！

第一班是松田先生。翌日清晨，他就興致勃勃地打掃鳥籠，把青色的碎餌食用水溶化，再捏成小拇指般大小。放入鳥籠，八哥把腦袋一歪，張開黃色的嘴巴，一口就吃下去了。聽說稍微大一點的餌食，可以用來誘牠講話；但是，要是太大了，卡在咽喉裡會弄得翻白眼的。

「好可愛呀！跟小孩子沒什麼兩樣嘛！」

「教些什麼呢！就說你早，你——早——」

「松田先生，由你來教就變成關西腔了，聽說發音不好身價會貶低的。」

三個人像小孩子般雀躍不已。除了早上和下午的休息時間以及用餐時間之外，大都有人蹲在鳥籠前面。來量體溫或注射的年輕護士們，也不由得在鳥籠前面停下腳步，說：哎呀！好可愛呀！就只有那個倔強的堀口主任，連微笑都沒一個，無視於我們的努力。

「不取個名字不行呀！叫太郎，怎麼樣呢？」

「太郎太古板了呀！」

服部君搖搖頭，「叫亨利或尼可什麼的，比較好聽。」

結果，我們把這隻八哥取名為小黑。小黑在微弱的秋陽下，震動身體梳理著胸毛。

可是，三天、四天過了，松田先生就開始抱怨起來了。他說每天清除鳥糞，那臭味教人受不了。八哥的糞便和其他的鳥不同，會發出異樣的臭味；這臭味還會從陽臺飄過來。

松田先生還抱怨說：尤其在晚上，由於外頭冷又有露水，所以要拿到室內來；每到半夜醒過來時，總是聞到滿屋子的鳥臭味。

沒法子，接下來輪到服部君照顧牠。很快地，他的病房也有一種讓人快窒息的臭味，看來不想個解決的辦法是不行了。

「堀口那婆娘，到我房間時還特別諷刺一番呢。」

松田先生模仿堀口主任的聲音，討厭似地聳聳肩。

「哎呀！松田先生，你最近是不是使用尿器呢？怎麼房間裡有像廁所的味道呢？」

可是，那天晚上，既然大義凜然地斥責了那豬女人，現在就不能退縮呀！我們聚集到陽臺上，恨恨地俯視鳥籠裡的八哥，像小烏鴉的黑色小鳥，停在樹枝上，頻頻用嘴摩擦羽毛，噗的一聲又拉下灰色的糞便。

「還有啊！這傢伙什麼也記不來，連你早也不會說！」

儘管我們每天訓練牠，小黑仍然連簡單的話一句也不會說。只是，偶爾會從喉嚨深處發出像硬擠出來似的「喀喀、卡呸」的聲音來。

「怎麼會發出喀喀的怪聲呢？」

「那個啊！那是八哥本來的叫聲呀！」

根據松山先住的說法，八哥的叫聲有兩種。一種是人教牠的，例如「花子、你好」之類的叫聲；另一種即「喀喀、卡呸！」，是這種鳥原有的叫聲。服部君乘機誇他說不愧是課長，還具備了鳥類學方面的知識。

可是，第二天早上，松田先生的話馬上被揭穿了，證明是毫無根據、一派胡言的。

那時，我們洗完臉在陽臺上曬太陽閒聊，等早餐送來。在兩棟病房之間的中庭的樹木，已完全變成紅葉，隨著寒風飄落到地上。

很巧的是，平常窗戶都關著的中川先生的病房，那一天窗戶卻開著。留著鬍子，斜眼的臉從窗戶伸出來，默默地對著我們露出慣有的似輕蔑的笑容，輕輕地點點頭。他抬頭向上，伸長沒肉的脖子時，喉嚨深處發出了聲響；然後，在喉嚨處使力，張開缺了牙的嘴巴，卡呸地吐掉一口黏稠的痰。

服部君看了我一眼，我回看了松田先生一下，松田先生馬上轉過身疾步走回病房。剛剛聽到的老人的吐痰聲，就跟我們腳邊的八哥有時發出的「喀喀、卡呸」的叫聲一模一樣。

「我不知道！我不知道！」

被服部君一奚落，連松田先生也露出厭惡的臉色，把臉轉向旁邊。那喀喀的聲音，其實不是他說的是八哥本來的叫聲；我們根本不知道牠是什麼時候學會了老人每天早上的吐痰聲。患者體內有痰，倒是常事，可是，似乎沒有必要連鳥也模仿吐痰聲吧！

在這之前，別無異樣的感覺，可是，一旦真相大白之後，每當從陽臺傳來喀喀的鳥叫聲時，心情就惡劣到極點。尤其是吃飯時，一聽到那叫聲，原來就已經不好吃的醫院伙食，更覺得難以下嚥。

「給我記住，大笨蛋！」

松田先生已忘了自己的胡說，拍打鳥籠咒罵著，受到驚嚇的八哥啪嗒啪嗒地猛拍翅膀，拚命地攀住鳥籠。

從那天起，我們看鳥籠的心情逐漸沉重起來。喀喀的聲音，不僅引起我們生理上的不舒服，甚至於感到連鳥都在嘲笑我們的疾病，以健康人來看或許會認為莫名其妙，但是，我們胸部有疾的人對社會人士卻有一種說不出的自卑感。總之，我們出院之後，還得掩飾病弱的身體非生活下去不可，可是又無法和正常人一樣地工作。因此，要是稍微受到嘲笑或諷刺，就會勃然大怒。聽到鳥喀喀的叫聲，也有一股連鳥都輕視我們的感覺直湧上心頭。

「笨蛋！不要把鳥籠弄髒了。」

「又拉大便了，這隻大笨蛋！」

前一陣子還說像小孩一樣的可愛，可是，現在三人輪流餵餌食或給水時，卻都破口大罵起來。小黑，這暱稱誰也不叫了。笨蛋變成牠的名字。我們壓抑著這種感情，還繼續照顧牠，並不是出自對中川老人的同情，也不是對醫院不合人情的規則的反抗，只是出自對堀口主任的不滿。那一次大義凜然地斥責她，現在想下臺也下不來了。

兩、三天過後，服部君又開始叫受不了了。那天下午，他學校的一個也喜好搖滾樂的女同學，拿了一束花突然來看他。當她聽到像吐痰的鳥叫聲時，不知道聯想到什麼而露出不高興的、輕視的表情回去了。

「那個女孩再也不會喜歡我了呀！」服部君恨恨地看了松田先生。

「造成今天這樣子也不是松田先生的緣故，是你嚷著要養鳥、要養鳥的啊！」

「咦！你怎麼不說自己呢？那時候你不也贊成嗎？」

「熊谷先生也不好，我又沒主張要照顧鳥。是熊谷先生在主任面前說大話的。」

三個人彼此推卸責任，心煩氣躁地鬥著嘴。在持續的鬥嘴中，逐漸有了一種忍受不了的情緒產生，可是造成吵嘴原因的卻是一隻小鳥，因此，這情緒無由發洩。

「其實，最不該的是中川老頭子，要我們照顧他的小鳥，結果，他自己沒事人兒一個！」

突然間，松田先生說出大家都沒察覺到的事，服部君和我很吃驚地注視著松田先生的臉，為什麼三個人都沒想到這裡？

是的，追根究柢，一切都是中川老人不好。老人不該在我們平靜的療養生活中，帶了八哥進來；而且，還在臉上現出輕蔑的微笑，他自己躲在溫暖的被窩裡，卻要我們餵小鳥食物，連鳥大便也要我們清理。

其實仔細想一想這話並不通；可是，我認為要把我們三個人已經分裂的感情重新復合，攻擊中川老人是最好的方法。這是我以前參加工廠的工會運動時學會的手法。愛，能使人結合在一起，可是，憎恨也能讓人與人之間產生「休戚與共」的感情。

「中川先生真的很狡猾。要我們照顧他的八哥，卻連一點表示都沒有，他那種個性也難怪兒子媳婦們都討厭。」

我的記憶中又浮現出第一次我們去拜訪中川的病房時，掠過他瘦削的臉頰上的狡猾笑容。

「不管怎麼樣，要是因為發燒無法照顧，最起碼晚上放到他自己的房間好了。」

三個人對自己原先說出要照顧小鳥的話，都裝出根本沒這回事似的；對於半夜病房裡讓人受不了的臭味，總認為沒道理只讓自己忍受著。

那天晚上，我們把八哥送回中川先生的病房；隔著陽臺故意大聲說我們已經無法再保管這鳥籠了。

半夜，我醒過來，由於好奇心的驅使便走出月光下的陽臺。鳥籠不見了，中川先生的房間靜悄悄地，但可以肯定他是醒著的。跟誰都不來往，只養著八哥的這位老人的奇怪心理，真教人難懂。我第一次發現到鳥的臭味和老人身上的臭味極為相似。

4

老人每天早上喘著氣把鳥籠從病房搬到陽臺。彎下穿著髒了的外套坎肩的背部，把似乎很重的鳥籠放下來，總用那斜眼朝我們這邊瞄一下，每天早餐之前，在陽臺上做深呼吸的我們，急忙把視線避開。

「真那麼重嗎？一定是故意喘著氣讓我們看的。」

松田先生小聲地嘀咕著，我們都有同感地直點頭，不過是一個鳥籠罷了，不可能提得上氣不接下氣，一定是他故意要讓我們感到愧疚的。

可是，早上和黃昏，老人提著鳥籠，看他發燒的身體乾咳著清理八哥糞便的模樣，也真令人心情沉重。雖然沒做什麼壞事，但胸口總似被針扎了一下。

「這麼麻煩的東西，為什麼要帶到醫院來？拿回自己家裡不就得了嗎？而且，依照醫院的規定……」

這句話剛一出口，我突然想到這不正是上次堀口主任對中川老人說的嗎？而我們為了中川老人向醫院抗議的，也正是針對醫院這種歪理啊！

不只是我，連服部君和松田先生心中也都有這種想法。雖然我們都沒說出口，但毫無疑問地彼此都感到內疚。

這麼一來，更只有相信老人的一舉一動，是指桑罵槐或是故意讓我們不舒服的了！

不幸的是這種口字形病房，經常吹著東風。西、南、北三邊都有研究所或病房擋著，因此，中川先生放在陽臺上的鳥籠的臭味就經常地往我們這邊飄送。

對於分不清是中川先生的老臭味或是鳥糞的臭味，即使還能忍受，可是，那喀喀、卡呸的聲音聽來簡直就像在耳旁。當我們閒談時，一聽到那聲音就不由得皺起眉頭而中止話題。

然而，某一天的休息時間，午後的秋風突然向我們送來八哥不同的叫聲。

「大……蛋！」

「大……蛋！」

剛開始只聽到大跟蛋的叫聲，中間的那個字聽不清楚，可是豎起耳朵再仔細一聽，才明白牠是叫著：

「大笨蛋！」

我第一次聽到八哥說人話；可是，在那歇斯底里的尖銳聲中卻隱含著陰鬱氣息。我從病床上撐起身體，敲敲病房的木板牆壁，服部君可能也聽到了那鳥的叫聲，馬上拍拍牆壁回應。

我們馬上意會到牠是什麼時候學會的；那是當我們心不甘情不願地輪流餵牠餌食、換水，而罵牠大笨蛋時。

當然我們無意教牠這樣的話，可是，小鳥對三個人不斷地「灌輸」牠的話，不知何時卻深印腦中，而，現在，牠反而愚弄我們似地以嘶啞的聲音叫著「大、笨、蛋！」

可是，不是很奇怪嗎？在我們照顧牠的時候，牠從沒叫過一次大笨蛋；等到中川先生接回去之後，卻突然叫出這種話。

「我說啊！」松田先生說。「這一定是老頭子故意氣我們的，不是嗎？」

雖然我也覺得是否我們想得太多了，可是，我曾經聽說過中川先生對著鳥說自己兒子和媳婦的壞話。臉上常浮現出狡猾笑容的人，誰也不敢保證他沒有對八哥說我們的壞話啊！

秋意漸濃。最近，在病房或研究中心的前方，有時可以看到遙遠的富士山。有兩隻貓在中庭的落葉中追逐著。那兩隻貓除了中庭之外，哪裡都不去。從沒有人餵過牠們食物，居然還活著。

深夜裡，我突然醒過來，認真地思考中川先生的事。感覺上似乎能夠瞭解被兒子媳婦拋棄，像被送到養老院似地住進醫院的老人，為什麼要養八哥的理由。黑暗中，我的眼前似乎浮現出他睜開著眼，專心聽八哥在鳥籠裡說的單字片語，和在樹枝間跳躍時發出的聲音；似乎也想像得出老人對著八哥在嘀咕些什麼。

「我們並沒有做出對不起老人的事，」我在心中如此自我安慰，「因為我們已把八哥送回他手裡。」

我很快就要出院了。如果能通過出院前的各項檢查，下個月，在冬天來臨之前就可以回家了！

「喂！喂！不得了了！」

第二天的黃昏，松田先生衝到我的房間來。

「這是我剛剛從菊地護士那兒打聽到的。說出來包準你會嚇一跳。那老頭子患的是開放性的卡夫奇七號呀！」

開放性指的是細菌可能傳染給別人，而卡夫奇七號表示病菌已相當多。

「你說什麼？」

我的臉色也變了。說來可笑！像我們這樣的患者反而比一般人更害怕開放性的病人。度過長期痛苦的療養生活，眼看著就要出院了，要是被開放性病人傳染到新的細菌，真會讓人受不了。這種恐懼感要比普通人大過一倍。

「這麼說，我們摸過老頭子的八哥，說不定也會被感染到了？」

服部君也到我的病房來，不安地環顧室內。或許因為這個病房擺過鳥籠，他也覺得危險吧？

「哪有這種事?!」

「反正，不要再靠近那房間。好不容易才治好肺結核，如果突然再發作，就不得了了。」

雖然我們也患同樣的病，但是一談到開放性患者，說來也好笑，就像是屬於危險的，不同世界的存在似的；於是三個人小聲地約好盡可能不去找那老人，不再和他打交道。感覺上中川先生不只是個髒老頭，而且似乎還是不祥的老頭。雖然覺得他可憐，但是我們還有家，還得顧慮到以後的生活。

中川先生每天早上抱著鳥籠一走出陽臺，我們就像逃命似跑回自己的房間。光是碰面當然不會被傳染，不過，還是小心為妙。我們真的認為中川先生很髒。

還聽得到八哥喀喀、卡呸的叫聲。自從知道老人是開放性肺結核之後，聽到鳥的叫聲更令人不舒服。隨風飄散過來的糞臭味，徒然增加我們厭惡感。鳥，有時候心血來潮似地叫：

「大、笨、蛋！」

5

十月初，我做了出院前健康檢查項目之一的支氣管鏡檢查。這是剛入院和出院前必須做的檢查。把附有鏡子的金屬管伸入支氣管中，是一種很難過的檢查。

我到檢查室前，碰到從別棟病房來的七、八個患者。大家都是一副不安的表情，坐在走廊的長條椅子，膝蓋微微顫抖著。

「痛不痛？這還用問！想想看用長長的鐵棒插入喉嚨裡面呀！嘿！要是不安靜，護士們還會不客氣地用力壓著——」

老患者又在嚇唬第一次做這種檢查的新患者。說這些話可以使老患者產生奇妙的優越感。

按照先後順序輪到我進入檢查室，口和喉嚨裡被注入麻醉藥後，嘴唇和舌頭都麻痺了，口水竟然流到下顎來。眼睛被白布遮住，躺在硬硬的手術檯後，手臂粗壯的中年護士馬上把我的身體壓得緊緊地。長而硬的管子從張得大大的口中插入，劇烈的疼痛馬上傳遍整個胸部。

經過好一陣折騰之後，用紙擦拭眼淚和鼻涕、嘴巴，正想走出檢查室時，背後發出玻璃管和金屬掉落地上的尖銳響聲。戴著口罩的醫生慌忙地站起來，護士使勁地扶著一個患者的身體。

「樟腦液！快快！樟腦液！」

我覺得倒下的患者所穿的外套坎肩很眼熟，那是中川老人！老人的臉白得像紙，臉垂在護士扶著的手裡，口中吐出白色的泡沫。

回到自己的病房後，我一直躺在床上。

服部君每隔一會兒隔著陽臺看我，我把手指放在嘴唇上搖搖頭。因為注射的麻醉藥藥效尚未完全消失，手腳覺得痠軟無力，還有種像暈船似的不舒服。

等到精神完全恢復時，已是寒冷的黑夜籠罩窗戶的時刻了。

「精神覺得怎麼樣？」

服部君和松田先生來看我。

「頭還痛著。不過，醫生說支氣管手術後的傷口很漂亮。」

「那太好了！」

松田先生的臉上有點嫉妒，「中川的老頭，怎麼了？還沒回來耶！」

中川先生隨我後面去檢查室之後，就一直沒再回到自己的病房。我邊揉著頭，告訴他們自己看到的那一幕。

「有輕微的休克現象，那把年紀……」

大約二十個患者當中，會有一個人注射麻醉藥而嚇得昏過去。服部君和松田先生嘴裡吹著桂河大橋進行曲打起撲克牌了。

已是熄燈時刻，中川老人的病房仍然關得緊緊地。

霧般的細雨下了起來，中川先生放在陽臺上的鳥籠尚未被移入室內。於是，我拿了一條髒了的包袱巾走出病房，服部君用手電筒往鳥籠一照，發現八哥停在棲木上，胸毛都豎起來，似乎很冷的樣子。牠小小的身體動了，用烏黑的眼睛注視著我們，突然叫了起來。

「媽！媽！」

是低而嘶啞的叫聲。跟以往尖銳的叫聲不同，這次的叫聲像老人陰鬱而低沉的聲音。

那聲調聽來令人悲傷，似乎在哀求著什麼？那句話一定是中川老人偷偷教牠的。

「叫媽媽嗎？他對死去的老婆是這麼叫的？」

松田先生笑了起來。

「到了那把年紀，晚上還會想老婆嗎？」

「好有趣的老頭！中川先生可能是這麼叫著和老婆一起去的。」

我們胡亂地猜測老人的祕密，相視而笑。對中川先生已經有好一陣子沒有像這樣出自善意的談論了。

三人各自回到病房，熄燈時，在陽臺的八哥還在叫著，聲音陰鬱而悲傷。

「媽媽！」

這一次連我都聽得很清楚。我明白了：孤獨的老人，為什麼要養八哥，還有，晚上在病房裡究竟對八哥說些什麼？叫媽媽！這是老人對比自己先死去的太太訴說著現在的痛苦；當然，也有可能是指他早就死去的母親。不過，不管是太太或母親，毫無疑問地，這是為肺病所苦的老人，對在漫長的人生當中，親切待己的兩個女人的傾訴。

熄燈後的病房恢復了寧靜。只有走廊遠處有人進廁所時，開門的吱嘎聲或拖鞋的腳步聲。好厭煩呀！對這種心情沉重的生活；好厭煩呀！對只有痛苦的療養生活。我搖搖頭，扭開隨身攜帶式的收音機，注意聽著傳入耳中的相聲。

第二天早上，是令人耀眼的晴天。鳥籠和包袱巾被昨夜的雨淋濕了。

「喂！喂！中川先生怎麼了？」我故意裝得很有精神，很開朗似地問來打掃床鋪的菊地護士。「為了他的鳥籠，我的包袱巾都濕透了。」

菊地護士突然露出困惑的表情，急忙把視線移開，把裝著甲酚的桶子放在地板上。

「咦？」

我屏住呼吸。

「菊地小姐，不是真的吧？不是真的吧？快告訴我！」

我踢到桶子，發出鈍重的聲響。

「中川先生昨天晚上死在檢查室隔壁的手術室。麻醉休克後，打了樟腦液意識仍然沒有恢復過來，外科醫生們趕緊做心臟按摩，但還是慢了一步。」

是秋陽溫煦的好日子，看得到位在白色研究中心和昨夜被雨淋濕而未乾的病房前方的富士山。在黃色落葉堆積著的中庭，那兩隻貓嬉戲著。走廊下，載著味噌湯的配餐車發出喀啦喀啦的聲音通過。陽臺上，我們三人默默地，看了一眼中川先生的病房，然後注視著還用包袱巾蓋著的鳥籠。那時，從包袱巾裡傳出「喀喀、卡呸」的聲音後，又傳出：

「媽媽！」

這是中川先生的聲音！

老人儘管死了，天空卻這麼晴朗，真是奇怪！老人儘管死了，卻好像什麼都沒發生過！枯葉在寒風中掉落；兩隻貓仍高興地玩耍；配餐車在走廊通過，真是奇怪！老人儘管死了，聲音和老人一模一樣的八哥卻還在叫著，令人不舒服！

「好討厭呀！」服部君回過頭來瞄了鳥一眼說：「我不想再看這隻鳥了！」

三個人的心情都一樣，默默地，連松田先生也咬著指甲思索著。

有人可曾想過哪天自己死掉的場所嗎？很可能是在醫院裡吧！而醫院對死去患者的反應又是如何呢？其實是很冷淡的。到了下午，三個護士來打掃中川先生的房間，整理他的行李。他的兒子不知什麼時候也來了，把中川老人的行李放在推床上，發出吱嘎聲走了！然後，堀口主任來消毒空病房。中川先生的名字就從患者名簿中消失了。在繁忙的醫院裡是不允許為一個人的死亡驚慌或悲傷的，一切都要依規定，按順序運作。

「喂！八哥你們要帶走呀！」

主任又對松田先生挖苦了。

「你們不是要照顧小鳥嗎？可是你們自己說的呀？」

「說是說過，可是……這是中川先生的鳥呀！不是我們的東西。」

「所以我不是說了嗎？中川先生的兒子說要送給你們，他說這是對你們親切照顧的謝禮。當然啦！我是不知道你們怎麼親切的……」

「中川先生不在了……我們不想增添麻煩！」

「咦？你們不知道瑪麗蓮夢露說過的照顧小鳥是愛的話嗎？」

就這樣，小鳥留給了我們。我們捏著鼻子清掃糞便，洗鳥籠，更換餌食。晚上把鳥籠拿進房間裡，一種分不出是中川先生的老臭味或是鳥本身的臭味充斥著整個房間。用餐時，聽到喀喀、卡呸的吐痰聲就不由得放下筷子。

不！這些都還好；最糟糕的是，中川先生死後，那隻八哥對我們三人而言心情一天比一天沉重。心情沉重，這種說法或許不妥當，可是卻是真實的感覺。

放在陽臺上，臉毛鼓起的這隻黑色小鳥，往往讓我們無意中想起中川先生浮在臉上的輕蔑微笑，以及我們自己的利己主義。

「充其量不過是一隻小鳥嘛！」

心裡雖然這麼想，但是當這隻八哥叫出和中川先生一模一樣的「媽媽！」聲音時，我總覺得是孤單的老人在叫著。我說不出那叫聲是在責備誰，或許是在責備他的兒子和媳婦也說不定。或許是針對著我們也未可知。不論是責備誰，這都無關緊要，總之，一見到八哥我們三個人就感到沉悶。

「把牠放掉吧！」

前幾天，已經忍受不了的服部君打開鳥籠的出口，把八哥趕了出去。

鳥，像胖女人跑步似地走開了，可是，飛不起來；很不幸的，我們都忘了早已經把牠的羽毛剪掉了。

「噓！噓！」

三個人一趕牠，跑了兩、三步。「噗！」地掉下灰色的糞便。

「大、笨、蛋！」

已經和我們混熟的八哥也不逃走，在我們的陽臺跑來跑去，隨地大小便，把到處都弄髒了。不知是否肚子餓了想向我們要東西吃，還把那奇怪的臉伸進我們三個人房間的窗裡。

然後，張開嘴巴，用嘶啞的聲音叫著：
「大、笨、蛋！」

11

四十歲的男人

1

能勢心想：人，有時候會想到自己什麼時候死亡，可是，幾乎都不會想會在怎樣的場所或房間裡斷氣。

在醫院裡無論是誰死亡，都被像寄送包裹似地處理。

有一天傍晚，鄰室患腸癌的男人死了。聽到一陣子家人的哭泣聲，不久，護士把屍體移上推床推到太平間去了。可是，第二天早上清潔婦卻邊哼著歌，邊消毒空出來的那間病房。下午，新患者就住進來了。沒有人會告訴他昨天傍晚這裡死了一個人，而新患者也不會發現這事實。

晴天。醫院裡就像什麼事也沒發生過似的，跟平常一樣送來餐飯。窗下的路上，汽車、巴士飛馳著。大家都在掩飾些什麼。

距離第三次動手術的日子還有兩星期，他要妻子去買八哥。價錢比十姊妹、金絲雀貴的這種鳥，當他說出口時，臉上現出抱歉的表情。

「嗯！好呀！」妻因看護他而憔悴的臉上，勉強擠出笑容點點頭。

生病期間，能勢見過幾次妻的這種微笑。醫生把還沾有藥液、濕濕的X光片透過燈光看了之後，說：

「這個病灶……要動手術啊！」

告訴他需要切斷六根肋骨時，那一瞬間妻以堅強的微笑支撐住他消沉的心。在痛苦的手術完成的半夜，好不容易從麻醉中醒過來，首先映入還模糊不清的眼簾裡的是，浮現出微笑的妻的臉；還有，第二次手術失敗，能勢感到已經筋疲力竭時，妻的臉上仍然掛著微笑。

住院三年，積蓄所剩無幾，還要從微薄的存款中買價錢昂貴的八哥，的確是無理的要求。可是，能勢現在為了某種理由想要那種鳥。

然而，妻是否把它當成是病人的任性呢？

「我明天就到百貨公司去買。」

妻這麼說，點點頭。

第二天黃昏，她帶了小孩，兩手提著兩個大包裹去了病房。那是十二月陰暗的日子。一個包袱巾包的是已洗乾淨的睡袍和內衣褲，而另一個有蔓草花紋的包袱巾裡則傳出小鳥跳躍的聲音。

「很貴吧？」

「不用擔心！算我便宜的。」

五歲的小孩好高興，蹲在鳥籠前面看裡面的小鳥。

全身墨黑的八哥頸上，有鮮豔的黃色線條，由於搭電車一路搖晃的關係，停在棲木上一動也不動，只有胸毛顫動著。

「有了牠，我們出院回家後也不會寂寞了呀！」

醫院裡的夜晚又暗又長，六點以後即使家屬也禁止留在病房裡。一個人吃飯，一個人躺在病床上，然後就一個人呆望著天花板。

「餵食的方法比較麻煩，要先把餌食用水溶化再捏成拇指大小的丸子。」

「這樣讓牠吃不會哽在喉嚨嗎？」

「不會的。聽說這樣牠反而會模仿各種聲音。」

小孩用手指碰了一下，八哥恐懼地蹲在鳥籠的角落。妻為了準備能勢的副食，到患者用的廚房去了。

「聽說這種鳥會說話，下次我來之前，爸爸你要教牠說好多話喲！」

聽小孩這麼說，能勢笑著點點頭。六年前這個孩子也是在這家醫院的婦產科出生的。

「好的。嗯！要教牠什麼呢？好！就教牠叫你的名字好了。」

暮靄開始籠罩病房，窗對面的病房也漸次點起一盞盞微弱的燈。配餐車發出吱吱聲，從走廊通過。

「今天沒人看家，那我們就回去了。」

妻做好副食，且用玻璃紙把盤子包好放在椅子上邊說。

「即使沒有食慾也要全部吃了喲！手術前不培養體力是不行的呀！」

叫小孩說「爸爸，再見！請保重。」之後，在病房門口她又再一次回過頭來。

「要加油喲！」

之後，臉上又浮現出那微笑。

病房一下子安靜下來。鳥籠裡，八哥晃動著發出輕微的響聲。他坐在床上，一直注視著停在棲木上隱含哀傷的鳥的眼睛。他雖然知道自己任性，但還向妻吵著要買這麼貴的鳥，是有很多理由的。

兩次手術失敗，這次又決定把一邊的肺全部切除，能勢覺得見人是一種痛苦。醫生們談到第三次的手術，嘴裡說有信心，但是從表情和避開的視線，他知道成功的比率很小。尤其是他前兩次手術失敗，造成肋膜完全黏著在胸壁上，把那黏著剝離時大量出血是最危險的。聽說和自己同樣情況而在手術中斷氣的，已經有好幾個例子了。他現在連訪客來時，裝出有精神，或開玩笑的心情都沒有了。理由之一是，像這樣的自己，八哥會是個很好的伴兒。

快接近四十歲的能勢，喜歡看狗和鳥的眼睛。從某個角度看來是冷淡的、非人性的；可是換個角度來看，卻似乎是強忍著悲傷的眼睛。他曾養過十姊妹。有一天，其中一隻死了，在斷氣之前，小鳥在他的手掌上，似乎拚命地抵抗逐漸覆蓋瞳孔的白色死亡之膜，還睜開過一、兩次眼睛。

他意識到在自己的人生背後，也有和那鳥一樣地忍受著悲傷的眼睛。那眼睛，尤其是發生那天的事之後，感覺似乎是一直在注視著能勢；還不僅僅是注視著，甚至於好像在對自己說些什麼。

2

手術前的準備之一是支氣管鏡檢查，這是把附著鏡子的金屬管從口中插入支氣管，查看內部的情形。患者們把這叫作烤肉，因為仰臥在床上，金屬棒從口中穿入的悽慘樣子像極了烤肉。患者從口中流出血和唾液，護士們拚命地壓著因痛苦而掙扎的患者。

檢查完畢之後，用紙擦拭著從受傷的齒齦流出的血，回到病房時，妻已帶了小孩在病房等著。

「你的臉色好蒼白呀！」

「剛剛檢查過，就是那烤雞肉串呀！」

動過兩次手術後的能勢，對肉體的痛苦感覺已變得遲鈍，也不再覺得痛苦是那麼可怕了。

「爸爸，八哥呢？」

「什麼都不會呢。」

他坐在床鋪上，調整一下紊亂的呼吸。

「剛剛要來之前，大森康子小姐打電話說今天要和她先生一起來探望您。」

妻轉過身，邊繫圍裙邊說。因為是背著臉，看不到她的表情。

「是和她先生？」
「是！」
大森康子是妻的表妹，四年前和經濟企劃廳的人結了婚。她先生頸子很粗，肩膀寬又厚，給人一種精力充沛型的實業家的感覺。
「要是你覺得檢查後很疲倦的話，大森康子那邊……我打電話拒絕好了。」
妻因為他沒說話，所以有所顧慮地說。
「不要緊的！人家總是一番好意嘛！」
他仰臥在床上，用手枕著頭，注視著病房天花板上因漏雨形成的雨痕。雨痕，只有邊緣發黃。記得那個黃昏也是下著雨哪。在比這間病房更小、更暗的告解室中，自己和從口中散發出葡萄酒味的外國老神父隔著鐵絲網跪著。
「Misereatur tui Omini potens Deus……」
舉起一隻手唱完拉丁語的祈禱文之後，那個老神父靜靜地等著身體轉向側面的能勢說話。
「我……」
能勢只講了一個字就閉口不說了。有很長一段時間，他為了要不要進告解室，要不要說出那件事而猶豫著；然而，現在好不容易拿出勇氣，想要把和肉一起黏在傷口上的紗布剝掉才到這裡來的。

「我……」他是在孩提時候，並非依自己的意志而是依母親的意志受洗的；因此，長久以來上教會只是個形式和習慣。可是，從那天起他知道得很清楚，那件母親決定的不合自己身材的衣服是扔不掉的。在長久的歲月中，那件衣服、那東西已成為自己身體的一部分，他知道要是丟掉它，就沒有保護自己身心的東西了。

「快一點！」葡萄酒臭味中夾著口臭的老神父，小聲地催促著。

「下一位等著呢。」

「好久沒望彌撒了。似乎每天都做出缺少愛心的行為……」

能勢滔滔不絕地說出不關痛癢的「罪狀」。

「在家中不是模範丈夫，也不是好父親。」

我現在所說的這些話是多麼滑稽，跪著說這些愚蠢的傻話。要是看到這一幕，可能會嘲笑、輕視自己的朋友的臉，從他腦中一一閃過。那些話不僅滑稽，而且還包含了他自己最卑賤的偽善。

其實，他所要告解的並不是那樣的事。能勢面對著眼前這滿口酒臭的老神父，非告解不可的並不是這些虛偽的、輕浮的事。

「只有這些？」

能勢知道現在自己在做著最不誠實的行為。

「是的，只有這些。」

「請唱三次天使祝詞，好嗎？因為祂是背負了我們所有的罪才死去的……」

用吩咐事情的口吻說完簡單的訓戒和贖罪之後，外國老神父又舉起一隻手唱著拉丁語的祈禱詞。

「好……放心吧，你可以走了！」

能勢站起來，走到小房間的門口。人所犯的罪為什麼這麼簡單地就被寬恕？神父所說的「祂是背負了我們所有的罪才死去的」的話仍在耳邊響著，跪過的膝蓋還有些疼痛，腳步也有點不穩；他感到自己背後那雙哀傷的眼睛，比起在他手中死去的十姊妹，更難過地注視著自己……。

「你早！你早！你早！」

「哪有這麼早就會叫的，這隻八哥可不是天才呀！」

他從床上下來，穿上地板上的拖鞋和兒子一起蹲在放在陽臺上的鳥籠前。鳥歪著頭似乎很奇怪地注意聽兒子的聲音。

「喂！你早！趕快說你早！」

用鐵絲網圍起來的鳥籠很像那天傍晚的告解室。自己和外國老神父之間，也有和這一樣的鐵絲網儼然隔離著。而，自己最後沒有說出那件事；是說不出來！

「趕快說話！八哥怎麼不說話了？」

「牠不會說呀！」

妻被他的聲音嚇了一跳，回過頭來看他。能勢低著頭，這時，有人敲病房的門，一個臉色很白的女人往裡瞧。她是妻的表妹康子小姐。

3

「早就想來看您了，一直拖到現在，真是非常抱歉呀！我先生也在罵我呢！」

穿著白色大島產的綢子，套上碎花短外褂的康子，把手提包放在膝蓋上，和先生一起邊坐下邊說著。

「一點小意思，請您嚐嚐！」

她遞給妻的是泉屋的蛋糕。和長崎屋的蛋糕一樣，去探病的人習慣上都會帶上一盒的。

在經濟企劃廳上班的康子丈夫的臉上，就和那蛋糕一樣，露出是因為親戚關係，情理上才來探望的神態。要是我死掉，出殯的那天，他大概也會義務地戴上黑色臂章來送行吧！可是一回到家中，或許馬上要康子拿鹽往身上撒吧！能勢心裡這麼想著。

「氣色真的很好呀！這一次一定沒問題的。對！對！也沒有什麼不吉的，只要把它當成厄運之年提前到來就行了。」

康子這麼說著，然後好像要催促旁邊的丈夫同意似地把臉轉向側面。

「不是嗎？」
「嗯！」
「我先生到目前為止，從沒生過大病，這樣反而危險。說得好聽要開會，會開完了之後又繼續舉行宴會到三更半夜。俗話說一病消災，您先生這樣反而長壽喲！您也要注意呀！」
「嗯！」
康子的先生嗯、嗯地回答著，從口袋裡掏出和平牌香菸，瞄了一眼能勢趕快放進口袋裡。
「請抽呀！沒關係的。」
「不！不！」
他為難似地搖搖頭。
康子和妻之間開始了女人的話題，似乎在談些能勢和康子的丈夫都不知道的老朋友的事。在誰和誰嫁到哪裡了，舞蹈啟蒙師傅開發表會等等的話題中，圈外的兩個男人只有默默地、呆呆地相對而坐。
「康子，妳繫的帶子好好看呀！」
「哪裡！這是便宜貨。」

在白色的大島產綢子上，康子繫了朱色的「獻上帶」①。

「這種朱色很相配呀！是在哪裡做的？」

「三田屋那兒，在四谷的……」

以妻而言這是少見的諷刺，她認為喜歡繫「獻上帶」的女人的眼光是低俗的。能勢忖度著妻現在為什麼會這樣諷刺康子？理由或許是她沒有這樣的帶子吧！在三年的住院期間，他已發現到她常偷偷地把衣服拿去賣掉。可是等到他覺察到妻的諷刺不是這意思時，他吃了一驚。

康子繫的朱色帶子讓人聯想到血。他帶她去的世田谷小婦產科醫生的診療服上，血濺了一身。那是康子的血，不！也是能勢的血的一部分，是他和康子之間的孩子的血。

當時，妻躺在現在能勢住的這家醫院的婦產科病房。不是為生產住進來的，而是早產的危險性很大，所以在病房住了半個月。如果嬰兒早產而體重不到七百公克，是需要放在保溫箱的。醫生在妻身上注射了特殊的荷爾蒙安胎。

康子那時候還沒結婚，所以經常來探望妻。手上提的不是泉屋的蛋糕，而是巴巴洛亞②。把妻病房中已褪色的花丟掉，在花瓶裡插上薔薇。她學跳舞的地方就在附近的左門町，所以在回家途中順便繞到醫院來。

會客時間結束的鈴響了。能勢和拉起大衣衣襟的康子並肩走出醫院，回過頭看婦產科病房，宛如晚上抵達港口的船一般，小小的窗戶中亮起一盞盞的小燈。

「您現在是一個人回家，一個人吃飯啊！……很寂寞吧！女傭不在吧？」

把脖子縮入披肩的康子常這麼說。

「沒辦法！買罐頭回去吧！」

「既然這樣……我……替您準備晚飯，怎麼樣？」

現在想來是能勢引誘康子呢？還是康子引誘能勢呢？實在很難分辨，反正這是無關緊要的。是戀愛呢？或是因寂寞而結合的呢？本來就無需加上特別理由的關係，很快在兩人之間開始了。能勢稍微拉一下康子的手，她好像早就等待似地閉上眼睛倒在能勢的身上。兩人在能勢之妻結婚時，從娘家帶來的床上重疊在一起，事完之後，康子在妻的化妝檯前，舉起白皙的兩隻手腕，整理頭上的亂髮。

而，在妻真正要生產再入院的前一天，她怯生生地告訴能勢。

「我好像有了。怎麼辦？」

他的臉色很難看，默默地。

「唉呀！你是害怕了？對不對？是嘛，你不能說那就生下來吧！」

「不是這樣的……」

①獻上帶，博多產的帶花紋的和服帶。

②巴巴洛亞（bavarois）是一種用牛奶、雞蛋、糖、巧克力加果汁做的點心。

「你……膽小鬼！」

妻住院之後，能勢呆呆地坐在空虛的家那六帖大的榻榻米上。夕陽從玻璃窗照在兩張床上，其中一張是那天康子和他重疊在一起的妻的床鋪。在夕陽照射的床鋪下的榻榻米角落上，能勢突然看到像針似的、小小的黑色發光物，那是女人的髮夾。他分不出那是妻的東西，還是那天康子的東西。能勢把黑色的小東西放在手掌上，注視了好久，好久！

能勢帶康子到位在世田谷的一家小婦產科醫院去，那是初中同學告訴他的。對世事不瞭解的他，不知這應該叫做人工流產或是墮胎。

「您們是夫婦嗎？」

護士打開櫃臺上小小的玻璃窗詢問時，站在表情僵硬、默默無言的能勢身旁的康子明確地回答：

「是呀！我們是夫婦。」

護士離開後，他坐在冷冷的小候診室中，回憶剛才明確地回答「是呀！我們是夫婦。」時康子的表情。那表情，沒有絲毫的猶豫。

蟑螂在候診室的壁上爬，壁上有像手印的痕跡。把封面已破損的舊雜誌放在膝上翻看，心裡卻想著別的事。孩提時代就受洗的他，當然知道墮胎行為是不允許的；可是，現在威脅他的是這行為和康子的事，要是讓妻和自己的家人知道了怎麼辦？為了家庭的幸福，還是把一切都睜一隻眼閉一隻眼。過了好一陣子，年紀大的醫生總算打開門出來了，診療服上濺著的可能是康子的血。能勢不由得把眼睛轉向旁邊。

「前陣子，去了伊豆，不是去洗溫泉，是去當他的高爾夫球僮。我越來越胖了吧？他也勸我去打打高爾夫球，這陣子大家一窩蜂流行打高爾夫球。我就是不喜歡跟大家搶流行……」

妻如往常微笑著聽表妹說話。曾從大舅子那兒聽說康子從少女時代就好勝地要跟能勢的妻子爭。兩人一起學跳舞，聽到舞蹈表演時老師要妻跳「玉屋」的角色，而要康子跳白鷺姑娘的角色時她就哭出來了。因此，現在她嘴裡說出打高爾夫球的事，毫無疑問一定是在意識上拿嫁了個體弱多病先生的表姊和自己的先生作比較吧！她的丈夫仍和能勢相對而坐，一句話也沒說，似乎在期待著這無聊的探望早點結束。

在小小的婦產科醫院中，「您們是夫婦嗎？」康子回答「是呀！我們是夫婦。」時那種泰然的表情，後來，能勢又看過一次。是在她結婚典禮上。

設在P飯店的喜宴入口，新婚夫婦在媒人中間，對不斷前來的客人點頭回禮。能勢和妻走到康子面前，他的視線和穿著雪白禮服的康子的視線交錯。康子像佛像般瞇著眼一直注視著能勢的臉，然後徐徐低下頭來。

「恭——喜——妳！」

能勢說得好小聲，好小聲。那時，世田谷婦產科醫院壁上的手痕和附在醫生診療服上她的血跡，像拉洋片③般掠過他心田。新郎兩手交叉在前，如木偶般直立著。當然，能勢馬上覺察到這個男人是毫不知情的。

喜宴結束，能勢和妻走出飯店已無人影的玄關，要攔計程車時，自言自語似地說：

「康子，總算安心了吧！」

「當然啦！終身大事完成了。」

雖是一般的問答，能勢的聲音仍有點嘶啞。突然，妻說：「這樣子，對你……對我們……一切都很圓滿……」

能勢停住腳步，偷瞄似地回過頭來看她。不知為什麼妻的臉上緩緩地浮上那微笑，然後，她迅速地鑽入停在他們面前的計程車裡。

「哎呀！原來她什麼都知道。」坐在車中的兩人有一陣子靜默著。妻的臉上仍殘留著微笑，能勢不明白那微笑的意思；不過，他知道，剛剛說的話，今後應該不會從妻口中再說第二次吧！

「手術完後一切都會順利的。不過，妳可真偉大喲……居然照顧了三年。」

康子朝著床鋪那邊說。

「出院之後，不好好地……好好地對待太太會受報應的喲！」

「已經受到報應了！」能勢望著天花板，嘀咕著。「就像這樣子。」

「哎呀！怎麼說這種話！」康子故意提高聲音笑了。

「我也常和我先生說呀！」頭轉向她先生接著說：「是不是？我常說表姊好辛苦。」

「我並不覺得呀！或許……我感覺比較遲鈍吧？」

三個人的對話都隱含諷刺，且話中有話。只有康子的丈夫似乎很無聊地，把放在膝上交叉著的拇指上下動著。

「我們要告辭了，不能讓病人太疲倦！」

「要走了！對不起，我什麼都沒注意到。」

「我什麼都沒注意到。」康子若無其事所說的話，深深刺入能勢心中，這是四個人談話的尾聲。康子的丈夫什麼都沒察覺到，其他三人也裝出什麼都不知道的樣子，沒把那件事說出來。對這件事，大家為了對方，也為了自己都裝迷糊。

「早安！早安！」

陽臺上，小孩還繼續在教八哥說話。

「快說！八哥，不會說嗎？」

③日文為「紙芝居」，即連環畫劇，出現於明治時代以降的民間表演藝術，將數張具故事情節或相關的繪畫置於箱中，由表演者在箱外拉動拉繩，捲動圖片搭配燈光、口白及樂器演奏解說圖片內容。

4

手術前的第三天；往常都很平靜，今天突然忙碌起來了。護士檢查肺活量和肺機能，還抽了好幾次血。因為不只是檢查血型，還要知道在手術時，從能勢身上流出的血幾分鐘會凝固。

那是十二月上旬。因為聖誕節已近，從病房可以聽到醫院附設的護校練習合唱的聲音。護士們在聖誕夜為小兒科病房的小孩唱歌，是這家醫院每年的慣例。

「這次手術和以往兩次做同樣的準備就可以嗎？」

能勢在病房裡和年輕醫生交談著。手術時當然由教授執刀，不過這位年輕醫生也應該在參加之列的。

「是的，像能勢先生對手術已習慣了的人，現在不必再做什麼準備吧！」

「上一次是『去骨泥鰍』……」

對切斷肋骨患者們這麼戲謔著。

「這次是『單肺飛機』嗎？」

年輕醫生苦笑著把臉轉向窗戶。聖誕夜合唱的練習聲，從窗戶傳入，感覺好吵！

汽笛一聲　過新橋

我底火車飛駛而去……

「成功率有多少呢？」

能勢的眼睛一直注意對方表情的變化，突然這麼問。

「我這次手術成功的機率有多大呢？」

「怎麼現在還問這種膽怯的話？沒問題的！」

「真的嗎？」

「是的……」可是那時，年輕醫生的聲音裡有著瞬間的、痛苦的猶豫。

「是真的呀！」

箱根山　天下之險

函谷關　亦非尋常

我不想死，不想死呀！第三次的大手術不管多麼痛苦我都不想死。我不知道人生，還有人，到底有何意義？吊兒郎當地、惰怠地欺騙著自己。可是，我明白：一個人經過別人身旁時，那不只是通過而已，一定會留下痕跡的。如果我不經過他的身旁，或許那些人會過著不同的人生。就拿妻的人生，康子的人生來說，都是如此。

「我想活下去！」

醫生離開後，能勢對著從陽臺拿到病房的八哥小聲地說。鋪在鳥籠的報紙被白糞弄髒了，吃剩的丸狀餌食散落四處。八哥把黑色的身體彎成圓形，用那看來哀傷的眼睛注視著他。柿子色的尖嘴巴像外國老神父的鼻子，就連表情也和那天面朝著自己、滿口酒味的神父的表情極相似；而自己和他之間也有像鳥籠的鐵絲網隔離著。

「和康子做出那樣的事是不得已的，而，到婦產科院去也是不得已的。那種事不算犯罪，那是僅止於我和康子之間的行為；只是，一道波紋變成兩道，兩道波紋變成三道，大家都彼此欺騙……」

八哥歪著頭，傾聽他說的話。跟在告解室中神父默默地以側臉朝自己的坐姿相似。但是，鳥從下邊的棲木跳到上邊的棲木時腰部搖了幾下，擠出圓形的糞便。

晚上了！從走廊上遠遠地傳來值班醫生和護士巡病房的腳步聲。

「沒什麼異狀吧？」

他們手上手電筒的燈光，在熄燈後的病房牆壁上移動著。用包袱巾蓋著的鳥籠中的八哥，發出移動身體的輕微聲響。

一道波紋變成兩道、三道。最初投石，泛起第一道波紋的是自己；如果，自己在這次手術中死掉的話，那麼波紋會繼續擴大吧！人的行為本身並未完結，我在大家的四周製造「欺騙」。在醫院中要是欺騙某人的死亡，會形成三人之間一輩子無法抹煞的欺騙。

「三天之後，就要動手術了？如果一切順利，今年的正月……就要在這病房度過！」

到了正月能勢就四十歲了。

「四十而不惑……」

之後，他閉上眼睛，強迫自己睡覺。

5

動手術的早上，當病房四周還靜悄悄時就被護士叫醒，昨晚吃了赫米納爾（Hyminal）的安眠藥，頭重重的。

六點半，剃掉要動手術部位的胸毛，七點半，灌腸；八點——麻醉的第一階段，注射邦斯可（Pan-Sco），吃三顆白色的藥丸。

妻和岳母輕輕地打開病房的門，往裡面瞧，小聲地說：

「似乎還沒睡著……」

「傻瓜！這樣的藥量怎麼可能睡得著，又不是昨天或今天剛入伍的新兵！」

「還是不要說太多話！」岳母不安的表情說著。

「靜靜地躺著吧！」

康子可能連我今天要動手術的事也給忘了吧！此刻也許在髮上夾著金屬零件的髮夾，替她那在經濟企劃廳上班的丈夫煮咖啡吧！

兩個年輕的護士推著推床出現了。

「能勢先生！我們走吧！」

「請稍等一下！」

他對著妻說：

「去把陽臺上的八哥拿來一下，也得跟牠說一聲再見！」大家都被他這個小玩笑逗得輕輕地笑出聲。

「好！好！」

妻把鳥籠抱進來了，鳥的眼睛一直注視著能勢。我在告解室中對老神父說不出的話只有對你說，你雖然不瞭解那意思，還是靜靜地聽了。

「好了！」

被抱上，仰臥著，推床發出吱吱聲在走廊上移動了。妻跟在推床旁，不時地拉拉似乎要掉下來的毛毯。

「能勢先生，加油喲！」

後面不知是誰叫著。

看得到左右的病房和護士，經過廚房，然後被推入電梯中。電梯升上五樓後，推床仍然在充滿消毒藥水味的走廊發出吱吱聲繼續往前走。前邊是門關著的手術室。

「太太！請在此留步。」

護士對妻說。從現在開始連家屬都禁止在旁。

仰臥著的能勢再一次看妻，她那稍微憔悴的臉上又浮現出那微笑。每次有事的時候，她一定浮現出那微笑。

進入手術室後，睡衣被脫掉了，眼睛也被遮起來。躺在堅硬的手術臺上的身體，用布蓋著，然後用鉤子固定著。護士拿熱毛巾把能勢的腳搓暖，讓輸血針較易打入血管。他的身邊發出放置金屬器具的碰觸聲。

「瓦斯麻醉的要領知道嗎？」

「知道。」

「好！要放到嘴上了！」

一陣橡皮臭味衝入鼻中，嘴和鼻子被用橡皮蓋著。

「照我說的，計算看看！」

「是！」

「一！」

「一。」

「二！」

「二。」

眼中浮現出妻的臉。她什麼都知道，只是，她在等待著一切自然圓滿、平靜?!她是什麼時候開始「自我欺騙」呢?……。

「五！」

「五。」

之後，能勢昏睡過去了。

到醒過來為止，感覺上只過了一、兩分鐘。他慢慢地從麻醉中醒過來的是那天晚上。

他看到年輕醫生的臉，還有妻的微笑。

「早安！」

他開了個小玩笑之後，又陷入沉睡中。第二次醒過來是早上將近四點的時候。

「早安！」

沒看到妻的人影，值班的護士表情嚴肅地在他的右手臂纏上黑色的量血壓的布，觀察著血壓。鼻孔中插著氧氣罩的塑膠管，輸血的注射針仍插在腳上。左胸被挖了兩個黑洞，塑膠管從洞裡拉出來；聽得到不斷地把通過塑膠管沉積到胸部的血，打入玻璃瓶的機械聲音。他口渴得要命。

「請給我水喝！」

「不行！」

妻帶了冰枕來，躡手躡腳地進入病房。

「給我水！」

「再忍耐一下！」

「手術花了幾個小時？」

「六個小時。」

想說「對不起！」可是連那力氣都沒有。胸口上好像有一塊大石頭壓著，不過，他對肉體上的痛苦已經習慣了。

當窗戶泛白，知道早上已快到來時，他第一次有得救了的感覺。覺得自己運氣真好的喜悅是無法形容的。

可是，唾液中一直帶血。通常，在手術後的兩、三天就不見了，那是表示動過手術的肺的傷口，出血已完全凝固。可是，能勢在四、五天之後唾液中仍然帶有血絲，而且發燒一直沒退。

有幾個醫生輪流進入病房，然後在走廊下嘰嘰喳喳地談論著。能勢很快就知道他們在懷疑支氣管有洞，是支氣管漏。如果真的是那樣，各種細菌很快會附在傷口上，產生膿胸的併發症，非得再動好幾次手術不可。醫生馬上為他注射抗生素，開始要他服用紅黴素。

到了第二個星期，好不容易唾液中不再有血絲了，發燒也逐漸退了。

「現在我才敢跟你說……」

教授很高興似地在枕旁的椅子坐下來。

「得救了！現在剛度過了最危險期……」

「手術中呢？」

「手術中，你的心臟停止過幾秒鐘。那時候，好慌張呀！你的運氣真好！」

「能勢先生以前可能積了不少陰德吧！」

站在後面的年輕醫生也笑了。

一個月之後，總算可以拉著綁在鐵床的繩子站起來了。能勢的腳瘦了好多，肋骨少掉七根，肺也切掉一片；他心痛地撫摸著瘦得只剩皮包骨的手臂。

「啊！對了，我的八哥呢？」

在和病魔搏鬥之間，他忘了寄放在護士室中的八哥了。

妻閉上眼睛。

「死了！」

「是怎麼一回事？」

「護士和我都沒有時間照顧八哥。雖然餵牠東西吃，可是有一個晚上很冷，我們忘了把牠拿進屋子裡，一直放在陽臺上被凍死了。」

能勢靜默了一會兒。

「真是對不起！不過，我覺得牠好像是代替你死似的……我把牠帶回家埋在庭院裡。」

想想這也是很自然的事，以妻當時的精神，不可能還有心思去照顧鳥的。

「鳥籠呢？」

「還放在陽臺上呀！」

他強忍著暈眩穿上地板上的拖鞋，手扶著牆壁，一步一步地走到陽臺。暈眩稍微好了一點。

晴空。窗下的道路上汽車、巴士行駛著。冬天微弱的陽光照射在空的鳥籠上，鳥排出的白色糞便黏結在籠中棲木上；飲水器乾涸了留下褐色痕跡。從空空的鳥籠中散發出臭味，那不只是鳥的臭味，還包含著能勢本身的人生臭味，還有他對籠中鳥活著時說話的鼻息臭味！

「今後，一切都會順利的。」

妻扶著他的身體這麼說。

「不，不會的。」

能勢只說到這裡就靜默下來。

12 大病房

星期日，住過同一病房的朋友們要來家裡玩，去迎接他們之前，想先給小鳥餵食，走近掛在院中樹上的十姊妹的鳥籠時，才發現七隻小鳥不知何時已減為五隻。餌箱和換水口都關得好好地，牠們到底是從哪裡逃出去的呢？真是奇怪！

「是你把小鳥弄掉的吧？」

「不關我的事！」念小學三年級的兒子嘴巴噘得好高，「好討厭哪！什麼事都賴到我頭上來。」

養起小鳥的事是三年前身體不好長期住院時開始的；已忘了是誰，為了幫我排遣住院的無聊帶了十姊妹來，我把鳥籠擺在病房的窗上，每天餵牠們東西。於是，對以往並不那麼喜歡的小東西也逐漸親近起來。

「牠們是怎麼逃走的呢？」兒子說。「昨天傍晚，我明明還看到呀！」

十姊妹本來是由一對夫婦繁殖的，因此是親子關係。雖然牠們當中的兩隻不見了，可是留下的小鳥們好像沒啥事發生過似地仍舊啄餌食，在棲木上跳來跳去。

「今天八丁伯伯他們要到家裡來，要不要跟我到車站去？去跟媽媽說一下，跟我一起找找逃走的十姊妹！」

大庭心想在往車站途中的雜樹林裡，說不定能找到逃走的小鳥，所以和兒子一起去找。結果是空忙一場。

電車到了！因為是星期日，到江島和箱根去的人很多，車很擠。兒子用手指著大聲喊叫：「在那裡！在那裡！」一眼望過去，剛好八丁先生們在對面的月臺正要登上階梯；他們也往這邊看，很懷念似地笑著、揮著手。

「空氣還是不一樣。一過多摩川，就覺得空氣好鮮美！」

「這裡還是東京都呀！沒想到東京都內有這樣的地方。四周還有許多山林和鄉土氣息的農家耶！」

在回家路上，大庭很得意地對八丁先生、和田先生和村上君吹噓這地方的美好。雜樹林的顏色雖然還沒有完全變紅，但是在即將曬蘿蔔乾的農家庭院裡，柿子在八丁先生所說的鮮美、清爽的空氣中發出亮光。

「還有這樣的東西！」

四人停下腳步，俯視路旁的石頭小佛像。在長年歲月中，受風雨侵蝕而磨損的佛像臉上，仍殘留著如微光般的微笑。從前本地人把倒在路旁的旅人埋葬後豎立的無緣佛後面，長了一株老桃樹，樹影寂靜地灑落著。

「我喜歡這樣的墓地！」八丁先生在佛像旁蹲下。「耶！還寫著永安六年喲！」

然而大庭是大庭，他想起住院時和現在一樣四人一起在醫院的庭院裡散步的事。不！不是四人，那時，另外還有一個伙伴。

「有誰去過富岡的墳墓嗎？」

「沒有！」三人移開稍微尷尬的眼睛。「他的墳墓在府中呀！也沒什麼事到那邊去。」

大庭入院時，富岡先生剛動過肺葉切除手術。手術過的患者，並不馬上回到病房，先送到觀察室住，大約一星期後，視復元情況再回到大病房。

傍晚，兩個護士推著躺在推床上的富岡回到大庭他們住的病房。

「各位晚安！」護士環視了一下大家之後說。「從今天起，這一位要住在這兒。他剛動過手術，希望大家多關照一下。」

然後，她們兩人前後抱著病人瘦弱的身體，移到角落的空病床上。大庭他們以好像看到可怕東西似的眼光側眼看留著鬍子、臉頰刮得乾淨的富岡。一個月之後，自己也要接受跟他一樣的手術，會變成同一樣子。

不久，清潔婦送來了他的湯碗和茶杯等私人用品。

「對不起！」

富岡以嘶啞而微弱的聲音向清潔婦道謝，清潔婦露出發黃的牙齒。

「皮箱我擺在這兒。欸！這麼快就可以起來的呀！」

當有新患者住進來時，到彼此能適應為止，病房的氣氛總會稍微不融洽；不過，這次住進來的不是新患者，而是剛動過手術的，因此大庭他們感到為難，同時也感到敬畏。把毛毯蓋到嘴邊，痛苦地閉上眼睛的富岡的樣子，讓大家緊張起來。吃晚飯時也盡量不弄出聲音，躡手躡腳地走出走廊。醫生或護士常常來量脈搏和體溫。

「看來很安靜呀！」

大庭和八丁在走廊的角落喁喁私語。

「手術後，誰不安靜？」

「不過，這可不是和我們無關喲！不久之後，我們也是那樣子。總覺得要是他復元得順利，我們也一樣會順利。」八丁先生的這句話，同時也說出大庭與和田先生，以及村上君的心情。覺得自己手術的成功與否，會跟先動手術的富岡一樣。

大約五天後，富岡可以和大家談幾句話了。尤其是大庭他們，希望從他那兒聽聽手術的經驗。

「打上麻醉針之後，感覺如何？」

「醫生要我數一、二、三……。之後，就什麼……都……不知道……了。」

富岡先生斷斷續續地回答。聲音軟弱無力，似乎說話還很辛苦。

「六個小時……感覺好像只有……一分鐘。一睜開眼睛已是晚上……在昏暗的燈光下，大家的臉由遠而近。」

大家問過好多次手術後的感受，每次都深深地嘆氣，用手撐著頭，陷入沉思中。這一來，富岡趕緊安慰大家：

「不用……擔心呀！想它……不如順其自然！」

大庭覺得這個人是好人。富岡先生在那兒幾年沒有訪客。聽其他病房的老患者說，他是給郊區紙行招贅的。不知為什麼，太太和孩子從未來探望。

醫院的大病房和其他的社會不同，病歷越久的人越囂張。大致上，老患者會把檢查或手術的痛苦加以渲染，讓新患者害怕而自個兒樂在其中，有點像老兵嚇唬新兵，然而，富岡並不是那種壞心腸的人。

「沒問題，大家的手術都會成功的。」

他倚在角落的病床上，臉上現出微笑，看著越接近手術日心情越不穩定的大庭們。

「聽說富岡先生是基督教徒。」有一天，八丁先生說。「我早就有這種感覺，這是隔壁病房的患者說的。富岡先生，您是基督教徒吧？」

富岡先生難為情似地把臉朝下，沒有回答是與否。

他復元的情況一天好過一天。蒼白的臉上逐漸有了紅潤，以前要是沒有護士幫忙根本起不來，現在已經可以自己移動身子了，體溫也恢復到三十六度左右。照這種情形下去，大家心想剩下的只是恢復體力而已；可是，要是說奇怪的，就是有時深呼吸時，喉嚨會發出微弱的、似吹笛的聲音，有時在夜深人靜，連大庭他們都聽得到。

「富岡先生是從什麼時候開始起變化的？」

走在雜樹林中的大庭，回過頭來問八丁先生們。雜樹林的葉子已發黃，發出沙沙的聲音掉落著。林中濕泥臭味中夾雜著蘑菇的味道。

「起變化……指的是他的健康情況惡化？」

「不！」大庭搖搖頭，「不只是這個！」

最近，大庭又點點滴滴重新憶起已從記憶中逐漸淡化的住院往事；甲酚（一種消毒藥水名）的臭味；清晨常飛到病房窗邊的鴿群；拿麵包餵鴿子的年老女患者。哎呀！已經受夠了，我不希望再過那種生活！

「曾經有牧師來看過富岡先生吧！」

「是呀！我還記得。那晚上，村上君還跟他辯論起來呢！」

這麼一說，讓我想起；幾乎都沒有訪客的富岡那兒，有一天，突然有一個牧師模樣的男人來探望。穿著黑衣服，像女孩似的頭低低地走入房裡的牧師，當然引起大家注目。大家假裝看雜誌，其實豎起耳朵聽牧師和富岡到底在談些什麼？大庭覺得牧師身上滿是偽善的氣息。

孩提時代，附近有一戶人家掛著聖潔會（Holiess Church）的牌子。每到星期日，附近的女孩和大人們就到那兒去。大人們都和眼前的這牧師一樣裝模作樣，歪著頭，眼睛往地上看走入家中。看到那樣子，連小孩子的大庭也覺得不好意思起來了。

說了大約半小時，富岡的客人又和剛才一樣，裝模作樣地走出房間。一腳踏出房間時，他突然停住腳步，臉頰上擠出做作的微笑。

「祈求大家恢復健康！」

大庭幾人被說得心情好不舒服，好久一陣子，大家都靜默著；突然，村上君邊拉攏棉袍的領子邊說：

「對付那種，我真沒辦法！」

富岡先生現出為難的表情，把毛毯拉到嘴邊，什麼都沒說。

「我們學校裡也有基督教徒，也勸我入教；可是，感覺上，總覺得不適合像我這樣的日本人呀！」

「可是，宗教不光是感覺的問題吧！」大庭想袒護沒作聲的富岡先生。「是不是呢？富岡先生。」

「既然這樣，那我就請教大庭先生好了，到底真的有沒有神的存在？」

還是學生的村上君認真起來了，從床上坐起身。走廊上傳來散步回來似乎是女患者們的尖銳笑聲。

「富岡先生，我無論如何都不相信神的存在。」

村上君開始舉出理由：富岡先生，你去過一樓的小兒病房嗎？前陣子我有事到那兒，看到患各種病的小孩。有一個男孩一生出來就沒有肛門，必須每兩年做一次人工肛門；還有一個小女孩兩年來都封在石膏做的石膏繃紮中，不能自由動彈。

為了要做人工肛門而住院的那個男孩子，大庭曾看過他在微陽照射的醫院中庭玩耍。護士邊織著毛衣邊看著他玩紙飛機。那護士說，別看他現在精神這麼好，活不過十年的。

「如果，富岡先生所相信的神真的存在的話，為什麼毫無理由地讓小孩受這種苦呢？」

年輕的村上君似乎有點激動。「光是看到那些可憐的小孩子們，我就不相信有神或佛。要是真的有，那也毫無用處，因為祂老是沉默著。」

「問富岡先生也沒用呀！」大庭趕緊替富岡先生幫腔，「他又不是神……」

「不過，要是神或佛真的存在，應該先救救那些小孩。我們大人們到目前為止，多少幹過一些壞事，所以患了這種病，或者是為了社會的不正而痛苦，也是應該的。可是，那些小孩絕對是什麼都沒幹過呀！」

「要是有先救小孩，然後也很快把咱們的病灶袪除乾淨的神存在，」和田先生出來打圓場，「這樣村上君也能同意呀！」

「總之，沒什麼神的存在。」村上君還在強辯。「即使有，祂也不願弄髒手。像啞巴似的默默地。」

要如何回答村上君所提的、不成熟的論調呢？富岡先生到那天晚上一直都默默地，似乎很憂鬱。大庭找話題跟他搭訕，他只簡單地回答是，或不是。

「這樣不行呀！」八丁先生在走廊上悄悄地提醒村上君。「他現在無精打采地。其實也沒有什麼特別理由非責備他不可吧？」

「是呀！我也不知道自己為什麼會那麼激動。不過，那牧師越看越不對眼倒是真的。」

這學生邊搔著頭，很抱歉似地低下頭來。

那天晚上，富岡先生突然喉頭像噎住東西似地咳得很厲害。同室的四個人都被他氣喘似的咳嗽吵醒了。打開電燈，發現富岡先生用手摀住嘴巴，彎著腰，似乎很痛苦。還聽得到從喉嚨深處發出的像吹笛的聲音。

護士帶著值班的年輕醫生趕過來了。那年輕的醫生在他細瘦的手腕上打了急救針。

「唾液中帶血吧？」

「是的……有一點。」

從對話中，大庭他們想像到事態不妙，尤其村上君更是頹喪。因為白天的議論，很明顯地刺激到病人了。

「只是講那麼幾句話，真的會有這麼大的影響嗎？」

「我們的感覺就像被蚊子叮到，沒啥特別意義，可是對他來說就不一樣了！」

翌日，拿著聽診器在富岡先生瘦薄的胸上聽診的副教授，命令昨天那位年輕醫生做支氣管照相。這是讓錤流入支氣管後照相的一種檢查，患者會很痛苦。

照相的結果，發現富岡先生是患了手術後患者最怕感染到的疾病——支氣管漏；即，病灶切除後，把支氣管縫到肺部的連接地方有了破洞。

富岡先生支氣管漏的消息，很快地傳遍各病房；因為，動過手術的人或即將動手術的人，對病名都很敏感。為什麼呢？因為要是患上了，不是三、兩次手術就能算數的。有的胸部切開過五、六次，不只是病沒治好，還併發名叫膿胸的麻煩症狀。

「這不是你的責任。」年紀較長的大庭和八丁先生對村上君說，「會不會患支氣管漏，在手術中就已經注定了。」

「這樣我心就比較安了；不過，還是有點擔心。」

咳嗽總算停止了，但是富岡先生從喉嚨發出的、像吹笛似的嘶啞呼吸聲仍未消失。現在回想起來，從他住進這病房的時候聽到的呼吸聲即是他發出的。從那時候起，就已有了支氣管漏的跡象。這不是村上君的責任。

「他運氣真不好！」

聽說手術後罹患支氣管漏的比例是百分之七，而富岡先生卻是那百分之七裡的人，運氣可真壞到極點了。

從那時候開始，大庭慢慢地察覺到富岡先生逐漸起了「變化」。怎麼不同呢？大庭也講不清楚。他仍把毛毯蓋到嘴邊，靜靜地躺著。同情他的室友們，盡可能地幫他做些雜事。

「真是抱歉呀！」

那時候，他也像以前一樣以嘶啞的微弱聲音道謝；可是，大庭察覺到那天富岡先生一直注視著他。當時，大庭盤腿坐在病床上看報紙，突然一抬頭，發現富岡先生凝視著在硬紙板上下象棋的八丁先生及和田先生。視線中包含著從未見過的、不像是他的惡意在內。

富岡轉向我，眼光突然變得恐懼不安，閉上眼睛，想把臉掩起來似的，把毛毯拉到嘴邊。

「富岡先生現在在想些什麼呢？」大庭手中拿著報紙，心裡這麼想著。

剛才富岡先生眼中的確包含著不知是憎惡或是怨恨的情意。他不會是祈求即將動手術的八丁先生與和田先生也和自己一樣患支氣管漏吧？只有自己不幸是任誰都忍受不了的，在那種時候，人會偷偷地祈禱別人也和自己一樣不幸。富岡先生現在的心情是不是就是這樣呢？

想到這裡，大庭的心情鬱悶起來了。和富岡一起在這房間生活，他感到憂鬱了。對方會有那種心情產生也是人之常情；可是必須隨時小心翼翼地，也真令人受不了！

「村上君，咱們去散散步吧！」

他搖搖頭，披上棉袍，邀正在看週刊雜誌的村上君外出。手術的日子逐漸逼近。同一病房的四人當中，醫生說八丁先生排第一個，然後似乎是按大庭、和田、村上的順序。測心電圖、檢查肺機能、檢查肝臟，每天逐漸忙碌起來了。

「大庭先生！大庭先生！」

從東邊天空富士山清晰可見的某天早上，八丁先生從走廊的另一頭叫住洗完臉要回病房的大庭。

「動手術的日子決定了，是這個月的二十八日，剛剛在護士室聽到的。」突然壓低聲音，「富岡先生似乎也是同一天。」

「富岡先生也是？」

「是呀！聽說他是早上，我是下午開始的。」

「他呀！真是可憐，這次還得再受一次罪！」

同室的人誰也沒想過現在的富岡到底是什麼心情？大家都為自己的手術擔心，無心想到那裡。大庭也沒把上次看到的富岡先生的眼神跟同室的任何人提過。

手術的日子一旦決定下來，到目前為止惶惶不安的心反而平靜下來。八丁先生邊吃早餐邊向大家報告。

「我比各位早一步被切割，以後的事拜託各位了。」

「有沒有特別想見的女性？有的話現在是坦白說的時候了！」

在大家開玩笑之間，只有富岡先生一個人，落寞地在房間的角落聽著。在知道患支氣管漏之前，他也和大家混在一起，可是，自從那天晚上起，大庭們和他之間，雖然仍是同處一室，可是心情上似乎已經分開了。在八丁先生手術的這天，他的胸部也要被切開，把支氣管縫合，可是大家似乎都把這件事給忘了。

「富岡先生也是那一天吧！」大庭想把他也拉入大夥兒之中故意說，「要是我們能幫得上忙的儘管說。」

「可是，我這又不是胸部切開一兩次就能治好的……」

這是實話！他這麼一說，大家都靜默下來，而大庭也接不上話說了。

「沒問題！沒問題！」八丁先生機智地說。「富岡先生是基督教徒吧！基督教徒的神一定會幫助的。神或佛不會盡是做些殘酷的事吧……」

八丁先生誠心誠意地安慰他，並不含惡意或諷刺，可是富岡先生卻繃著臉。他眨眨眼睛，很痛苦地低下頭來。

「那時候，富岡先生說些什麼……有人看過他祈禱嗎？」

穿過雜樹林，走在進入家裡的小路上，大庭這麼問著，但是大家都搖搖頭。

「是呀！大家雖然住在一起很久，可是沒人看過呀！」

「他不想讓人看到祈禱的樣子吧！」

被診斷患支氣管漏的富岡先生，不可能沒悄悄地向自己所信仰的神祈求幫助。連無宗教信仰的大庭，在手術的前一天晚上，都會有想依靠某物的心情產生。晚上，大家睡著之後，富岡先生沒有祈禱，怎麼可能呢？

「這個家看來很不錯呀！」

大家在從玄關進入屋內之前停住腳步，瀏覽一下大庭家的外觀，稱讚著。

「看了屋內再誇獎吧！我自己對浴室感到很滿意哩！」

八丁先生動手術的前一天傍晚，大庭上醫院內的理髮店後回來，穿過中庭。小兒病房的小孩子們，各有護士或看護人陪同散步著。有一位個子不高的中年男人，穿著棉袍斜靠在微陽照射的壁上，那是富岡先生！他不知道大庭看著他，一直注視著小孩子們。小孩當中，大家談過的裝人工肛門的小孩也夾在裡頭，用細瘦的手拚命扔紙飛機。飛機在夕陽西下的黃昏天空中，無力地掉落在富岡先生的腳下。留著髮、戴眼鏡的這個孩子，當然不知道自己活不過十年。

「富岡先生！」大庭叫他。「明天要動手術了，加加油！」

富岡先生跟照射在斜靠著的壁上的夕陽一樣，做出柔弱無力的微笑點點頭。

「我剛剛和八丁先生上理髮店。他明天也要動手術，洗洗澡，整理一下身邊的東西，也挺忙的。」

「是嘛！」

喧鬧了一整天的醫院，又到了寂靜下來的時刻。好幾棟並列的建築物靜得出奇，等待著夜的到來。有一些窗戶燈已亮了。

「醫院的生活對我來說是第一次，覺得有點難以想像。」大庭說。「每一道窗各有不同的人受著各樣的痛苦。富岡先生！上次村上君說的話不要放在心上！他還是學生，個性也容易衝動，其實是沒什麼惡意的。」

富岡兩手插在棉袍的袖子裡，寂寞地笑了。

「我並……沒放在心上呀！」

「既然這樣，那就好了。」

「我也經常想著同樣的事。到目前為止，自己所信仰的東西是不是虛無呢？就像他說的，在醫院住久了，就不曉得為什麼有這麼多人，必須受這樣的苦。村上君說過祂一個勁地沉默著；的確，我也有祂太沉默了的感覺。」

「可是，富岡先生還相信祂吧！」

「不行呀，被那個學生那麼說，我絲毫無法辯解。」

登上病房的階梯，肺已切掉的富岡先生就上氣不接下氣。每當鼻息很重時，就會聽到從他喉嚨傳出的像吹笛的微弱聲音。

第二天早上，同樣是寒冷而晴朗的日子。早上六點，大庭醒過來時，穿著白色制服的護士已蹲在富岡先生的身上幫他灌腸。然後，注射了一針輕痲醉劑之後，推床很快就來接他。八丁先生在床鋪上兩手緊握毛毯，拚命地注視著每一個舉動。

「我去了！」

上推床之前，富岡先生把兩手放在膝上，很客氣地對大家行禮致意。

「加油呀！」

一直到推床的鈍重聲消失在走廊的另一頭為止，房內的人都默默地。

「他是好人呀！不過，我們可不希望像他一樣患支氣管漏。」和田先生小聲地說。

「沒問題的！富岡先生的神，這次一定會救他的。如果他這次沒得救，那麼那種神根本就是胡扯蛋！」村上君搭了腔。

十一點，又看到護士拿著灌腸的道具和注射針出現了。

「這次輪到我了？」八丁先生縮著脖子。

「是呀！來，躺下來，請把褲子拉下來。」

載他的推床也跟剛才一樣，發出鈍重的聲音消失在走廊的另一端。

過了好久好久！剩下的三個人，雖然不是自己動手術，可是到傍晚為止一直都焦急不安，為陽光照射的兩個空床鋪擔心著。即使聽收音機或看書，也無法專心。

「算了！我不下了。」村上君離開跟和田先生正在下的象棋盤，嘆著氣。「手術還沒完呀！」

「焦急也沒有用，不是嗎？」

「八丁先生還好，對富岡先生我仍然無法釋懷。總覺得他的支氣管漏是我對他提出那些問題才造成的。」

「有這樣的事嗎？」

「道理上，我知道的……我好想祈禱，祈求富岡先生手術成功。」

「那就祈禱吧！」

五點左右，護士室附近引起一陣騷動，躺在升降臺上的富岡先生和八丁先生從手術室回來了。病房的患者們站在走廊上，恐懼不安地目送護士推著兩輛推床過去。兩人都面如土色，仰臥著，只露出一點白眼。鼻中插入塑膠管，輸血用的瓶子在推床上搖晃著。

「八丁先生的手術成功了嗎？」

「成功了！」

「富岡先生呢？」

護士猶豫了一下，轉向旁想避開話題，大庭打破沙鍋問到底。

「還要動手術？」

「是呀！結果是這樣子呀！」護士悲傷似地微笑。

「他運氣真是糟透了！」

第二天，大庭拿著村上君買來的兩瓶果汁，悄悄地打開八丁先生待的術後觀察室的門。

雖然只隔了一天，病人的臉驟然消瘦下去，只有眼睛還有點精神。

「喂！」他高興地說：「我的病灶已經沒有了。醫生也格外小心，不會再發生支氣管漏。」

「富岡先生，是在隔壁的房間嗎？」

大庭手上拎著另一瓶果汁去敲富岡先生的房間。裡面傳出「請進！」的聲音，護士露出臉來，搖搖頭。

「不行！才剛剛睡著呀！」

可是從裡面傳出似乎已醒過來的富岡先生的聲音。大庭獲得護士面會一分鐘的許可，一進入病房，尿臭味和燠熱臭味撲鼻而來。

「情況怎麼樣了？」和八丁先生比較起來，富岡的臉色和眼神都較差，大庭俯視著他輕聲地問，「夜，很長吧？」

「是啊！」富岡先生無力地搖搖頭。「我知道……這次手術又失敗了。因為醫生已經告訴我還要再動手術。」

大庭不知如何回答是好，頭低低地，把果汁放在枕頭旁邊。村上君所說的「這次神會救他的」的話慢慢掠過腦中。

「八丁先生……」富岡先生突然盯著大庭問，「還好嗎？」

「他很好呀！」大庭只講到這裡就閉口不談，護士在走廊上，他即使撒謊也沒人會聽到。

「其實……八丁先生也有支氣管漏的可能。」

富岡先生的眼睛突然一亮，跟那一次在病房中注視著大家時一樣，他的眼睛瞬間閃過放心的亮光；而且，唇角也露出高興的微笑，但是馬上就消失了。

「大家還是看看什麼時候一起上富岡的墳墓去吧！」

那天，和大家在車站前道別時，大庭一再重複說。

「不管怎麼說，大家是睡同一房間，吃同一鍋飯的交情。」

八丁先生和和田先生以及村上君手上都提著這一帶的名產——柿子，點點頭。

「那麼，下次的拉鍊會，就決定去掃富岡的墳墓了？」

「就這樣子，就這樣子！」

拉鍊會的名稱是和田先生取的。因為四個人背部動手術後，都留下像拉鍊的痕跡。

開走了的電車把月臺上的落葉捲到空中，大庭一個人沿著來時路回去。月光照在小小的石頭佛像上，佛像臉上仍然掛著微笑。大庭心想：富岡的墳墓上大概有月光照射著吧！可是，他的墳墓不是石頭佛像，可能沒有微笑掛在臉上吧！那天早上，在觀察室中，他撒謊時富岡瘦削的臉頰上泛現出的微笑，突然又從大庭的記憶中甦醒過來。

第二天，上班之前，靠近鳥籠一看，十姊妹又少了一隻。真是奇怪！餌箱的門仍然關得好好地。

突然，聽到四隻小鳥被追趕，身體碰在一起的翅膀拍擊聲和尖銳的叫聲。大庭有種不祥的預感，是蛇！牠把鳥籠弄到地上後，舊輪胎顏色似的身子躲到籠中水箱後面，部分腹部脹得圓滾滾地。細小的眼睛瞪著某一點，身體盤成一團，大庭趕緊叫小孩。在附近工作的木工趕來了，手伸入鳥籠，輕而易舉地把蛇抓出來，用一隻手像拉繩子似地把蛇一捋，蛇身扭曲吐出紅線似的舌頭，把吞下去的十姊妹和銀色唾液一起吐出來了。已看不到毛了，只見白色的肉塊；不過，還看得出小鳥頭部和腳的部分，濕濕地。

大庭在庭院中挖了個洞，把十姊妹的屍體埋進去。剩下的四隻小鳥在籠中哀叫著，叫聲中聽得出餘悸猶存，過了好一會兒，才安心地繼續啄食。大庭看那四隻小鳥，不知為什麼，聯想到住院時等著動手術的八丁先生、和田先生、村上君，還有自己。那麼，死去的小鳥，就是富岡了？

傍晚，從公司回來後，要小孩在死去的十姊妹墳上插上木片當作墓碑。小孩還在墓碑旁邊種上花草。準是小孩記起小石頭佛像後種著的桃木吧！

「看！這樣不錯吧？」小孩得意似地對大庭說。

「嗯！」大庭心中想著富岡的事，點點頭。「你看過十字架吧？就做個十字架插上！」

13

雜樹林中的醫院

「醫生診斷她得了癩病時是……？」

「是昭和十五年，已經是二十年前的事了！」

T君邊翻著手記簿，邊回答我的問題。

七月上旬近午時刻，我們坐在富士山麓的G火車站中的候車室。雨滴從候車室已髒了的窗戶落下，對面被雨淋濕了的上行列車，緩緩地吐著白色的蒸氣。

「後來，她到這家醫院來。當時，這家癩病醫院是富裕人家出身的患者隱身之處。」

T君看著手記簿接著說：「可是，一個月之後實施精密檢查的結果，證明她沒患癩病；可是，她仍然繼續留在醫院，看護病人。」

「病人，指的是癩病患者？」

「當然！」

在候車室裡準備登富士山的青年男女把背包放到地上，把金剛杖夾在兩腳之間，他們正擔心著天候情況。有人說反正先爬到五合目，要是下雨再折回來，也有人建議在這兒過一晚，明天再上去。

那時候隨身攜帶的輕便型收音機，似乎已是年輕男女的必需品了；雖然不知道藏在哪裡，坐在旁邊的年輕人身上傳來爵士樂。他嘴裡嚼著口香糖，膝蓋隨著曲子的旋律搖晃著。

「其實呀，」我看著他膝蓋的晃動小聲地說：「我在學生時代曾來過這家醫院一次。」

「哦?!」

用布擦拭著相機鏡頭的T君吃驚似地：

「是來見習的？」

「不，不是來見習的。要怎麼說才好呢？其實是來慰問患者。你查過了吧？曾有一位名叫岩上的神父當過這家醫院的院長。」

「不，我沒查過。」

「哦！總之，是那位神父自費在信濃町蓋了一棟學生宿舍，我在戰時也住過那兒。由於這關係，我和其他的住宿生來過這兒。」

「那麼這次是第二次了？」

「是啊！」

T君是婦女雜誌的攝影記者。今天特別來拍攝在醫院服務的修女們的實際情況，準備在雜誌上做「癩病患者之友」的報導。特別是其中有一位修女，被誤診為癩病入院，後來知道是誤診後還繼續留在醫院裡的事，我偶然間從他那兒聽到這件事，就請他讓我一塊兒來。

「西堀，您真是好管閒事呢！」

T君聽了我的請求笑著說。不過，最後還是答應了。

「那麼，醫院專訪的報導就麻煩您寫了！」

「別開玩笑了！這怎麼行？」

「雖說是工作，其實我也並不是很喜歡到癩病醫院去的。而您特地志願前往，所以我想託您順便做些事。」

「我根本沒那個意思，只想跟著去罷了。」

很不巧，從早上起就是一副雨天模樣。從車窗向外看，有樂町已全被雨給淋濕了；車過箱根後仍然烏雲密布，走出車站往四面一瞧，只見灰雲布滿天空。當然看不到富士山的影子！站前廣場的土產店裡人影稀疏，女店員在店裡用撣子拍打竹子工藝品和羊羹上的灰塵。

已經記不清十九年前，這兒的風景是否就是眼前這幅模樣了。他努力從記憶中搜索，也只能記起：在陰暗天空的廣場中，似乎有幾間矮屋頂的房子並列在這兒，可是，也不敢十分肯定。在戰況激烈的時候，無論是東京，或是窮鄉僻壤，在我底回憶中都是一幅陰鬱的景色。

廣場上有五、六個打著綁腿，穿教練服的學生在成排的陰暗屋前等候巴士，而我，也夾在當中。那時的自己跟那些學生不一樣，說實在話，去癩病醫院心裡覺得怕怕的，不，不只是怕怕的，還覺得恐怖，不舒服。

因為蓋宿舍的岩上神父也是那家醫院院長的緣故，我們住宿生一年探望患者一次，也就成了慣例；而加入探望的行列，也成了每個住宿生的義務。

當然，想拒絕的話也拒絕得了的。不過，我討厭被視為是欠缺愛心的男人，在這種虛榮心的作祟下參加了這項活動。因此，即使在開往G車站的火車裡，下了火車在這廣場等候巴士時，我為了不讓同伴們看出內心的不安和厭惡，裝出很高興的樣子。

「我們大致上的行程是這樣子。」

島崎宿舍長在巴士到來之前對大家說明。

「醫院裡有一間小小的交誼廳。患者們會聚到這兒來，我們在這兒表演絕活和演話劇，然後呢，這是每次慰問時的慣例——和醫院的棒球隊做一場友誼賽。」

「醫院的棒球隊？」不知是誰小聲地問。

「是職員組成的？」

「不是。是患者組成的隊伍。」

島崎故意裝作若無其事地說，可是藏在眼鏡後面的眼中卻露出惡意的眼光，大家一瞬間都嚇得鴉雀無聲。

我很瞭解這些人的心情。我想大家的心情都和我一樣，在交誼廳表演絕活不必和患者直接接觸；可是，打起棒球來，那就說不定了。當然這種話沒有人說出口，大家都和我一樣，不願被當成缺乏愛心的人。

搭載著我們的巴士，穿過冬天草木枯萎的雜樹林和田地及鄉間道路，前往目的地的醫院途中，沉默仍然繼續著。不知是誰忍受不了這沉默，小聲地唱起校歌；可是，沒有人附和。

到達目的地，巴士留下我們開走之後，我注視了一會兒褐色的灌木和結凍的道路。雜樹林中並列著細長形的病房屋頂，病房稍遠處的空地上狀如四角形箱子的建築物是辦公室，即醫務局。

事務長和在這兒服務的修女們，在醫務局歡迎我們住宿生的到來。事務長穿著像校工似的豎領洋裝。

「患者們從昨天起就興沖沖地等您們。由於預算的關係，這兒沒有什麼娛樂設施；看！那是做烤餅的麵粉。」

他用下巴指著修女們為我們準備的擺在桌上的烤餅說：

「材料是患者們為各位收集的……」

戰況激烈後，根本看不到烤餅；可是儘管如此，我聽了事務長的話後，也沒有想吃的念頭。

「各位……」

事務長的表情突然變得嚴肅：

「和患者見面之前，各位要不要先做預防消毒？」

大家都默默地用小刀切烤餅。要先消毒，豈不表示這疾病多麼可怕；會被認為我們害怕這種病！

「哪有這種事！」

島崎生氣地回答。

「我想沒有這個必要。」

「這樣子啊？」

事務長似乎被對方的氣勢嚇到了！

「那麼就請吧！」

催促大家站起來。

從事務所穿過迴廊走向病房，中庭裡曬著舊的工作服和換洗衣物。

沒有人提問題，事務長主動告訴我們：

「對患者們來說洗衣服是件大工作。因為疾病的緣故，手指會麻痺或彎曲，所以沒辦法搓洗衣物；而且不能使用紙窗，否則馬上就會被弄破。」

迴廊盡頭，走到病房，消毒液的臭味撲鼻而來。走廊的前方突然出現穿著灰色衣服的男子，可是，當他一看到我們，馬上逃也似地把身體藏起來了。

「是——患者。」

過了一會兒，事務長輕聲地說。

我們到達交誼廳時，大約有三十位患者等候著。就像學藝會到學校參觀小孩或孫子演戲似地，坐在前排的老人們手放在膝上，偷偷地往我們這邊瞄。老人的人數似乎相當多。

心裡雖說不要看，眼睛卻不由自主地往他們身上瞧。我突然發現以為是老人的患者當中，有很多其實是中年男人。不！不只是中年男人，甚至還有年輕人和女性在內。由於頭髮已掉光，臉上腫得紅紅的，錯把他們當老人。每個人都規規矩矩地把手放在膝上，連咳嗽也沒一聲，輕輕地注視著我們。我想起事務長剛才說的話：他們從昨天起就興沖沖地等待著我們的到來。不禁為自己厭惡他們的心理，感到無可言喻的心痛。

我是令人討厭的傢伙。真的是令人討厭的傢伙。

我厭惡著自己，同時觀察大家的表情。每一個住宿生，都好像做錯事被訓了一頓似地，頭垂得低低的，不過，仍然掩抑不了害怕病人的，出自本能的感情。

有人唱歌，也有人朗誦詩歌。而像我，既不會唱歌，也不會朗誦詩歌的，就只有怒吼似地合唱校歌了。我們能夠表演的絕活，其實不過這些罷了！可是，患者們仍然把手放在膝上傾聽著。或許對缺乏娛樂設施的這家醫院的患者而言，我們差透了的歌喉，和不成章法的詩歌朗誦，也是一種享受吧！

可是，在和其他住宿生肩並肩怒吼著校歌時，我卻越覺得尷尬。

「你們都是偽善者！」

不知從哪傳入這聲音。大家心裡其實怕得想盡快逃走，可是，為什麼又演出這樣的猴把戲？諷刺的聲音繼續嘲笑著。

校歌總算唱完了，患者們為我們鼓掌。手不能動彈的患者舉起棍棒似的手臂做出「萬歲」的手勢。

「好！接下來是棒球比賽！」

有人高興地叫著，可是從聲音裡聽得出是故意做作的。無疑地，每個人心中都和我一樣，聽到「偽善！」的嘲笑聲。而，為了逃避那聲音，只有盡快完成下一個任務。

棒球比賽是在病房後面，樹木已被砍掉的空地上舉行。對方的球員是手腳症狀比較輕微的男性患者。他們比我們早到一步，遠遠地注視著我們。

從陰暗的空中露出臉來的陽光，把空地上稀疏的野草照射出影子來。

「棒球我不太會打，讓我做外野手好了！」

我趕緊對大家宣布自己的守備位置。因為感覺上打外野，只要往這塊空地的角落呆呆地站著，像觀眾似地等待這棘手的義務結束就行了。島崎和其他的同伴們露出厭惡的臉色看我，可是又不能說什麼。

對方的患者們向這邊靠近。長褲配襯衫的服裝，戴著皮手套，手上拿著球的樣子，乍看之下，和正常人並無兩樣；但是，等到他們走到旁邊時，我發現每個人臉上都扭曲、變形。除了皮膚上有這種病特有的光澤和紅脹的臉頰之外，每個人的嘴唇也都尖尖的。

站在前頭的男人說話了，可是內容聽不清楚。由於嘴唇歪曲，發音都抓不準。

「讓我們開始吧！」

「咦？」

島崎又問了一次，總算明白了他說的是「讓我們開始吧！」的意思。

「好！」

島崎點點頭。

大家慢吞吞地分散到各自選定的守備位置。島崎當投手，矢島是一壘手，而可憐的是誰也不願意當的捕手，就由膽小的岡部充當了，他臉上浮現出悲哀似的微笑。

外野手的我遠遠地望著球在島崎和岡部之間飛來飛去。太陽從雲間露出臉後，又躲進去了；於是，腳底下的草叢突然暗下來，我忽然想起從前中學時，年輕的老師在國文課時說給我們聽的故事：冬日，有一位國外教徒把自己的衣服給了路旁的癩病患者，可是，那位癩病患者卻說：「如果真的愛我的話，就把我抱緊，用體溫讓我的身體暖和。」教徒真的走到癩病患者身旁，抱緊對方。「再用力一點！」癩病患者要求。教徒手上加了勁。「再用力！」癩病患者說。「再用力！再用力！」當兩人的身體緊貼在一起，無絲毫空隙時，突然，癩病患者的身體發出光芒。癩病患者是基督！

「我可不是聖人，是庸俗的凡人！」我看著腳下微弱陽光照射的草叢，吐了一口痰。

依打擊順序，我輪到第二棒和第四棒。第二棒時我被三振了，根本不想打，隨便揮了空棒。

可是，第四棒不知怎麼搞的？對方的球竟然打到棒子上。我跑到一壘時，球還沒有傳過來。按照常情這兒是不該再跑了，可是我希望被封殺，因此又繼續往二壘跑。然後被夾在一壘和二壘之間。

我邊跑邊回過頭來看。防守一壘的患者拿著球追過來了。我眼睛往地上瞧，直立不動，追過來的患者細聲地說：

「您快跑吧！」

他沒有用球碰我的身體……。

「您快跑吧！」

到現在我還記得十九年前那位男患者所說的體貼話，不只是他的話，就連那時輕輕的聲調我都沒忘記。

看著車站前的廣場，我又再一次咀嚼那句話。十九年來，有時候，坦白說不過是有時候，想到自己的醜陋時，那句「您快跑吧！」連同微弱陽光照射著的空地的景色，又浮現腦海。

T君說我好奇，其實自己也不曉得為什麼現在又拜託他讓我重訪這家醫院呢。對那時的自己感到可恥，再次重訪並非希望在那兒裝出「好看」的樣子。跟十九年前的自己相比較，並不覺得現在的自己提升了一些，或許到了醫院仍會露出難看的態度也說不定。儘管如此，當我聽到T君的話時，突然產生想重訪那家醫院的衝動。

巴士來了，T君、我和拄著金剛杖的青年男女們一起上車。我們前面的座位上，黑人和白人的美國大兵坐在一塊兒交談。

車子在雨中開動了。田地、雜樹林和連綿不絕的富士山麓的風景跟十九年前似乎沒啥兩樣。

「看這情景……」

T君對我說，可是我想得出神，根本沒聽進去。

「種族歧視在個人之間……」

T君可能是在說坐在前排位子，談得很融洽的黑人士兵和白人士兵的事。可是，我認為種族歧視的問題光靠社會改革是解決不了的。要是無法從臉和人體的美醜觀念做根本的改革，即使白人對黑人採取同等待遇，我認為他們的行為中一定仍包含著偽善或慈善的做作。或許現在的我有點神經質！

過了駒留村，我們在下一站下了車。感覺上，那兒的小河、雜樹林似乎都還有點印象。雨，總算停了，山的那邊有黑雲遮掩，有時一陣風吹過會滴下幾滴令人發抖的水滴。病房、辦公室和十九年前幾乎都沒啥改變。醫院裡的人帶我們到以前來過的同一房間，不同的是修女們送來的是罐裝果汁，而不是烤餅。T君準備採訪的修女是位看來和藹可親的婦人。

為了不妨礙T君的工作，我離開辦公室，呆望著辦公室和病房之間的中庭。

有位中年的外國修女微笑著走過來，她的日文好得跟日本人一樣，她說她是從加拿大來的。

「右邊種的是香菇，是患者們種的。」

「是自給自足嗎？」

「這種疾病不在健康保險範圍之內，政府的補助也不多。因此，即便是一圓的捐獻，我們都很高興接受。」

「耶！」

我覺得尷尬，苦笑著。

她是位很親切的修女，可是在這種地方卻似乎是老手。她的側面也顯露出不輸男性的剛強個性。

她對我說現在在這裡的患者有百分之六十是無菌患者，由於戰後發明了D.T.T.的新藥，目前漢森氏病①（她說現在已不叫癩病了）已經是能夠治好的病了。真正的問題在於無菌患者回到社會的生活，整形手術治不了扭曲、變形的手腳和臉。因此，患者回到社會上，他們掩飾不了曾是癩病患者的事實，受到排斥，最後失業了。

「所以，有很多出了院的患者最後又回到醫院來。這是非常嚴重的問題。你不覺得嗎？」

我點點頭。

「你想參觀病房嗎？」

「是呀！麻煩您了。」

我跟在修女後面往小路上走。很奇怪的是這次去病房既不會感到不安，也不會覺得不舒服。在道路兩側的雜樹林和田地當中，我彷彿看到了不同於十九年前害怕到病房的另一個自己。

① Hansen's Disease，即痲瘋病。

這是為什麼？是因為知道有很多是無菌患者？或許多少有點關係，可是不只是這樣，或許自己比那時候稍微成熟，稍微不那麼自私也說不定。可是，為了縮短這「稍微」的距離需要十九年的歲月嗎？然而，這並不是愛。只是，由於年齡的關係，我知道癩病患者的世界，和我們正常人的世界，並沒有太大的不同罷了！

我又想起那教徒抱緊癩病患者的故事。感覺上教徒所處的世界和自己所處的世界是隔絕的兩個世界。那一瞬間，我認為那教徒不是人……要是如此形容不雅，那麼他就是和我們無關的超人！

「你看！這就是雞舍。小雞要是逃了出來就會造成騷動。因為患者們手指的神經麻痺了，抓不到的。這也是大問題。」

修女指著右手邊的木造小屋笑著說，做出困擾的姿態。

不！聖徒並不是生活在與自己隔絕的世界。即使是眼前的這位修女，還有現在正在聽T君說話的日本修女，都和患者一起在這雜樹林中度過一輩子。

可是，我沒有那種意志和心情。在十九年的生活中，由於身為小說家，我只體會出、培養出和他人共同分擔悲傷、分擔痛苦的些許感情，然而，這「稍微」的進步和這些修女的生活相比較，根本微不足道。

「在這裡逝世的患者的墓地在哪兒呢？」

「墓地？」

「是的，墓地。」

「噢，Cimetière！」

她點點頭，走在前頭。

在雜樹林的盡頭有一片小斜坡，斜坡上是草原。要是我的記憶沒錯，那麼，這裡該是以前我們打棒球的地方。

「患者們……」

「嗯！」

「打棒球嗎？」

「以前經常打，可是現在似乎比較喜歡聽收音機或看電視。」

樹和楓樹林中還有雨滴滴下，草叢中淡紫色的吊鐘草和金線草花開放著。在樹林後面，並列著四排被雨淋濕了、暗黑色的墓碑。「咲田晴二、三十八歲、昭和三十年蒙主寵召」；「貝特洛・大村、五十六歲、昭和二十九年蒙主寵召」。一塊塊的墓碑上刻著患者的名字和聖名。或許，這當中也有和我打過棒球的說不定，對我輕聲地說：「您快跑吧！」的那個男人也夾在這當中？

俯視被雨和泥土弄髒了的墓碑，那時我想起和我一起來拜訪醫院的住宿生們，島崎在新幾內亞戰死，捕手的岡部被原子能輻射線傷害到，戰後也死掉了。癩病患者的世界和我們的世界又有哪裡不同呢？我注視著墓碑，不禁興起這種感慨。

「怎麼都沒看到患者的影子呢？」

「現在是工作時間。男性在稍遠處的田地裡，女性做刺繡的工作。把做好的東西賣掉、換錢。」

就在這時，雜樹林後面出現一個男人的影子。

穿著工作服、禿頭，大約五十歲左右。他看到我們，一轉身想躲入草叢中。十九年前，事務長要帶我們到交誼廳時，在走廊的前方，突然出現，卻又逃也似地躲起來的患者的影像，和現在這個男人的影子重疊在一起。

「松井先生！松井先生！」

被修女這麼一叫，名叫松井的那個男人，一臉很難為情的樣子向這邊走過來。

「松井先生，請過來一下！」

我本能地顯得緊張起來。

「工作做完了嗎？」

「是的。」

「下雨，很辛苦吧？」

和松井交談的修女，突然命令他：

「松井先生，請把手給我看一下！」

我一下子，不太瞭解修女這麼做是什麼意思。松井先生尷尬地伸出來的五根手指頭，凍得都蜷曲了。修女用右手抓著已麻痺的手指，一根一根地按摩。

「像這樣的手指，患者們還能工作喲！」

她轉向我，把手指拉到我面前。

眼鏡後面，泛出某種挑戰的眼神。我注視著她含著挑戰意味的眼神，和手被抓住的松井難為情又悲傷的表情，形成強烈的對比。

為什麼非這麼做不可呢？我感到困惑地比較她的臉和松井先生的表情。是要我同情患者的痛苦嗎？可是，如果是這樣，不說我也自然知道的。或者是要我想想，即使手指已蜷曲成這樣子的患者還不得不工作的情況？可是，對我說這些又有什麼作用呢？

我感到困惑地看著白人修女的大手一根根地按摩松井先生的手指。或許她現在想讓我看的是一種英雄主義？你看！我們不怕這種疾病，我還握著患者已變形的手指，按摩它。

這當然不是偽善。可是，縱使不是偽善，無疑的這是連人格這麼高尚的修女，仍然拋棄不了的虛榮心！否則，她應該能體會出松井把自己醜陋的手指暴露在他人面前的難堪心情！

不過，對她那種虛榮心我並不覺得非常不舒服。因為對把自己的一生奉獻給患者的女性，我沒有批評的權利。

然而，即使像這樣有信仰的女性，雖然跟十九年前的自己以及現在的自己不同，但是仍然露出小小的人性的虛榮，著實讓我安了不少心。

一小時之後，T君和我在醫院前又上了巴士。巴士中，跟剛才一樣，黑人士兵和白人士兵仍然同席而坐。

「這是很困難的問題！」

看著士兵們，我嘆了口氣。

「什麼事？」

「沒什麼，我剛才在辦公室的圖書中，看到葛林（Graham Greene）的小說。」和修女分手後，T君工作之間，我一個人在辦公室的客廳等候時，看見角落的書架上有葛林的小說。那是描寫癲病醫院的小說，或許這是為修女或訪客所買的也說不定。我隨意翻閱，竟翻到這樣的地方：

新藥D.T.T.發明時，非洲的癲病醫院裡，修女們之間竟發生了經濟大恐慌。其中有人問醫生：

「如此一來，不久之後不就沒有患者了嗎？」

「是呀！也有那麼一天連醫院都不需要了！」

「那麼，我們一輩子實踐愛德的場所和機會不也沒有了嗎？」

修女們因為新藥的發明使自己永遠失去燃燒愛的機會而感到難過。我看著這一段，想起了剛才幫松井先生按摩已蜷曲的手指的，白人修女的手掌和她那含著挑戰意味的眼神。

巴士在泥濘路上繼續行駛著。醫院的屋頂在林中逐漸變小，最後消失不見了。

遠藤周作年表

一九二三年　大正十二年

三月二十七日，生於東京市巢鴨，父常久，母郁子，上有長兄正介。其時，父服務於安田銀行（現為富士銀行），母係上野音樂學校（現為東京藝術大學）小提琴科學生，與安藤幸（幸田露伴之妹）同受教於莫基雷夫斯基。

一九二六年　昭和元年・大正十五年　三歲

父調職，遂舉家遷往大連。昭和四年入大連市大廣場小學，成績較長兄為劣。寒冬中，目睹母終日練小提琴，手指出血，大受感動且瞭解藝術之艱辛。

一九三三年　昭和八年　十歲

父母離異，遠藤隨母返日，轉入神戶六甲小學。姨母係虔誠之天主教徒，常帶遠藤上西宮市之夙川教會。

一九三四年　昭和九年　十一歲

於復活節受洗，聖名保羅。

一九三五年　昭和十年　十二歲

六甲小學畢業，入私立灘中學（現為灘高中）。同學中有楠本憲吉。嗜讀十返舍一九之《東海道中膝栗毛》。

一九四〇年　昭和十五年　十七歲

自灘中學畢業。

一九四三年　昭和十八年　二十歲

重考三次均名落孫山，第四年始考入慶應大學文學部預科。因違背父意，執意入文學部，被斷絕父子關係，寄居友人利光松男家，半工半讀。後搬入學生宿舍，受舍監哲學家吉滿義彥氏影響，閱讀馬利坦作品，又受友人松井慶訓之影響，閱讀里爾克（Rilke）作品。因吉滿之介紹得識龜井勝一郎，翌年訪堀辰雄。

一九四五年　昭和二十年　二十二歲

徵兵體檢為第一乙種體位，然因罹患急性肋膜炎遂延期入伍，一直到大戰結束皆未入伍。四月，入慶應大學文學部法文系，受教於佐藤朔。閱讀摩略克、貝爾納諾期等法國現代天主教文學。上一屆學長中有安岡章太郎。次年回到父親身旁。

一九四七年　昭和二十二年　二十四歲

隨筆〈諸神與神〉受神西清賞識，刊登於《四季》第五號。同月，評論〈天主教作家之問題〉發表於《三田文學》。

一九四八年　昭和二十三年　二十五歲

因神西清推薦，評論〈堀辰雄論備忘錄〉刊登於《高原》三、七、十月號。

一九四九年　昭和二十四年　二十六歲

三月，自慶應大學法文系畢業。五月，發表評論〈神西清〉（《三田文學》）、〈傑克・里威爾——其宗教之苦惱〉（《高原》）。六月，因佐藤朔介紹，成為鎌倉文庫特約撰稿人；後公司經營不善，宣告破產。後入其兄服務過之天主教文摘社。成為《三田文學》同人（會員），得識丸岡明、原民喜、山本健吉、柴田錬三郎、堀田善衛等。

一九五〇年　昭和二十五年　二十七歲

一月，發表評論〈佛蘭索瓦·摩略克〉於《近代文學》。六月五日以戰後第一批留學生身分赴法留學，研究法國現代天主教文學。十月，入里昂大學，受教於巴第教授門下。在里昂兩年半期間，因三田學長大久保房男的好意，於《群像》發表〈戀愛與法國大學生〉等有關法國學生生活隨筆數篇。

一九五一年　昭和二十六年　二十八歲

三月於里昂接到原民喜自殺的訃聞，夏季，為求理解摩略克《提列茲·蒂斯凱爾》作品，到該書背景的蘭德旅行。

一九五二年　昭和二十七年　二十九歲

一月發表〈追尋提列茲之影——給武田泰淳氏〉（《三田文學》）27·1

一九五三年　昭和二十八年　三十歲

轉往巴黎，病發，入裘爾坦醫院就醫，一直未康復，二月搭赤城丸返日。五月，發表〈原民喜與夢幻少女〉（《三田文學》）。七月，發表〈留法日記〉（《近代文學》八～十、十二月號）。八月，出版第一本書《法國的大學生》（早川書房）。

一九五四年　昭和二十九年　三十一歲

四月，任文化學院講師。透過安岡章太郎的介紹與谷田昌平加入「構想之會」，結識吉行淳之介、庄野潤三、遠藤啟太郎、三浦朱門、進藤純孝、小島信夫等。又接受奧野健男的建議加入《現代評論》，於六月創刊號發表〈馬爾奇·特·沙德評傳一〉。不久，與服部達、村松剛提倡形而上批評。十一月於《三田文學》發表第一篇小說〈到雅典〉。該年母郁子逝世。

一九五五年　昭和三十年　三十二歲

〈白人〉發表於《近代文學》（五、六月號），七月該小說獲第三十三屆（昭和三十年度上半期）芥川獎。九月，與岡田幸三郎氏長女順子結婚。十一月，發表〈黃色人種〉

（《群像》）。

一九五六年　昭和三十一年　三十三歲

六月，長男誕生，為紀念獲芥川獎而命名為龍之介。十一月，出版評論集《神與惡魔》（現代文藝社）。十二月，出版《綠色小葡萄》。該年受聘為上智大學文學部講師。

一九五七年　昭和三十二年　三十四歲

〈海與毒藥〉發表於《文學界》（六、八、十月號）。十月，出版《想戀與相愛》（實業之日本社）。

一九五八年　昭和三十三年　三十五歲

三月，出版短篇小說集《月光之假面舞面》（東京創元社）。四月，出版《海與毒藥》（文藝春秋社）。九月底，與伊藤整、野間宏、加藤周一、三宅艷子、中川正文等出席亞洲作家會議，回程繞到蘇俄，於十一月返日。十二月，《海與毒藥》獲第五屆新潮社獎、第十二屆每日出版文化獎。是年起至翌年止，於成城大學講授法國文學論。

一九五九年　昭和三十四年　三十六歲

十月，出版《傻瓜先生》（中央公論社），為數集沙德資料，偕夫人渡法，會見沙德專家吉爾貝爾．烈李伊、比耶爾．庫洛索斯基，繞英、法、義、希臘、耶路撒冷，於翌年一月返日。

一九六〇年　昭和三十五年　三十七歲

返日後，結核病復發，入「東大傳研醫院」，年底轉慶應醫院。八月，出版《新銳作家叢書6．遠藤周作集》（筑摩書房）。九月，出版《火山》（文藝春秋新社）。六月，發表〈絲瓜君〉（《河北新報及其他》（連載至十二月。十二月，出版《聖經中的女性們》（角川書店）。

一九六一年　昭和三十六年　三十八歲

五月，出版《絲瓜君》（新潮社）。該年病情惡化，肺部動過三次手術。

一九六二年　昭和三十七年　三十九歲

七月出院，體力仍未恢復，僅發表少數短文。九月，出版《安岡章太郎・遠藤周作集》（《昭和文學全集20》，角川書店）、《遠藤周作集》（《長篇小說全集33》，講談社）。

一九六三年　昭和三十八年　四十歲

一月，發表〈男人與八哥〉（《文學界》）、〈前一天〉（《新潮》）、〈童話〉（《群像》）。八月，發表〈我的東西〉（《群像》）。十月，發表〈雜樹林中的醫院〉（《世界》）。十一月，發表〈十字路口的揭示板〉（《新潮》）。該年，由駒場遷至町田市玉川學園，新居命名為「狐狸庵」，之後，號「狐狸庵山人」。

一九六四年　昭和三十九年　四十一歲

二月，發表〈四十歲的男人〉（《群像》）。三月，出版《我・拋棄了的・女人》（文藝春秋新社）及《遠藤周作・小島信夫集》（《新日本文學全集9》，集英社）。七月，出版《絲瓜君》（東方社）。九月，發表〈歸鄉〉（《群像》）。十月，出版

《一・二・三！》（中央公論社）。

一九六五年　昭和四十年　四十二歲

一月，發表〈大病房〉（《新潮》）及〈雲仙〉（《世界》）。六月，出版《狐狸庵閒話》（桃源社）、《留學》（文藝春秋新社）。十月，出版《哀歌》（講談社）。該年，為新潮社撰寫長篇小說取材，與三浦朱門數度遊長崎、平戶。

一九六六年　昭和四十一年　四十三歲

三月，出版《沉默》（新潮社）。五月，發表戲劇〈黃金國〉（《文藝》），出版《遠藤周作集》（《現代之文學37》，河出書房）。十月，發表〈雜種狗〉（《群像》）、《協奏天曲》（講談社）。《沉默》獲第二屆谷崎潤一郎獎。該年起任成城大學講師三年，講授「小說論」。

一九六七年　昭和四十二年　四十四歲

一月，發表〈化妝後的男人〉（《新潮》）、出版《福永武彥・遠藤周作集》（《我們的文學10》，講談社）。五月，當選日本文藝家協會理事。出版《吊兒郎當生活入門》（未央書房）、《切支丹時代的知識分子——叛教與殉教》（三浦朱門合著，日本經濟新聞社）。七月，發表〈如果〉（《文學界》）、〈塵土〉（《季刊藝術》）。八月，受好友葡萄牙大使阿爾曼特・馬爾提斯之招待訪葡，獲頒騎士勳章。

一九六八年　昭和四十三年　四十五歲

一月，發表〈影子〉（《新潮》）、〈六日之旅〉（《群像》）。二月，發表〈名叫優麗亞的女子〉（《文藝春秋》）。三月，出版《堀田善衛・遠藤周作・阿川弘之・大江健三郎集》（《現代文學大系61》，筑摩書房）。八月，發表〈暖春的黃昏〉（《中央公論》）。九月，出版《有島武郎・椎名麟三・遠藤周作集》（《日本短篇文學全集21》，筑摩書房）。十一月，出版《影子》（新潮社）。該年，任《三田文學》總編輯，任期一年。

一九六九年　昭和四十四年　四十六歲

一月，發表〈母親〉（《新潮》）。為新潮社準備長篇小說，前往以色列、羅馬，二月返日。二月，發表〈小鎮上〉（《群像》），出版《遠藤周作集》（新潮日本文學56，新潮社）。四月，出版《遠藤周作集》（大光社），應美國國務院之邀赴美，五月返日。八月，出版《不得了》（新潮社）、《中村真一郎・福永武彥・遠藤周作集》（中央公論社）、《遠藤周作幽默小說集》（講談社）。十一月，發表〈學生〉（《群像》）、〈加里肋亞的春天〉（《群像》）。

一九七〇年　昭和四十五年　四十七歲

二月，出版《遠藤周作怪奇小說集》（講談社）。四月，與矢代靜一、阪田寬夫、井上洋治前往以色列，五月返日。十月，發表〈巡禮〉（《群像》）。

一九七一年　昭和四十六年　四十八歲

一月，出版《切支丹的故鄉》（人文書院）。五月，出版《母親》（新潮社）。九月，出版《遠藤周作》（《現代的文學20》，講談社）。十月，出版《埋沒的古城》（新潮社）。十一月，出版《遠藤周作劇本集》（講談社）。該年，獲羅馬教廷頒贈西貝斯特理勳章。

一九七二年　昭和四十七年　四十九歲

一月，發表〈僕人〉（《文藝春秋》）。三月，出版《現在是流浪漢》（講談社）、《狐狸庵雜記》（每日新聞社）。為晉見羅馬教宗，與三浦朱門、曾野綾子訪羅馬；為完成《死海之畔》前往以色列，四月返日。十月，出版《吊兒郎當人類學》（講談社）；任文藝家協會常務理事。該年，《海與毒藥》英譯本出版；《沉默》在瑞典、挪威、法國、荷蘭、西班牙等國翻譯出版。

一九七三年　昭和四十八年　五十歲

一月，出版《狐型狸型》（番町書房）。四月，出版《吊兒郎當愛情學》（講談社）。六月，出版《死海之畔》（新潮社）。九月，出版《湄南河的日本人》（新潮社）。十月，發表〈手指〉（《文藝》），出版《耶穌的生涯》（新潮社）。十一月，出版《遠藤周作第二幽默小說集》。十二月，出版《吊兒郎當怠談》（每日新聞社）。

一九七四年　昭和四十九年　五十一歲

一月，出版《吊兒郎當好奇學》（講談社）、《小丑之歌》（新潮社）。七月，《遠藤周作文庫》（共五十一冊，新潮社）開始發行。十月，出版《喜劇新四谷怪談》（新潮社）、《最後的殉教者》（講談社）。為新潮社的長篇小說取材，前往墨西哥，同月返日。

一九七五年　昭和五十年　五十二歲

二月，出版《遠藤周作文學全集》（全十一卷，新潮社），至十二月出齊；接受日航招待，與北杜夫、阿川弘之遊歐，同月返日。八月，出版《遠藤周作推理小說集》（講談社）。

一九七六年　昭和五十一年　五十三歲

四月，發表〈聖母頌〉（《文學界》）。六月，為《鐵之枷鎖——小西行長傳》取材，前往韓國，同月返日。七月，出版《我的耶穌——為日本人而寫的聖經入門》（祥傳社）。九月，應日本學會之邀前往美國，於紐約舉行演講。繞道洛杉機、舊金山，於同月返日。

一九七七年　昭和五十二年　五十四歲

一月，任芥川獎審查委員。四月，出版《鐵之枷鎖——小西行長傳》（中央公論社）。五月，出版《走馬燈——他們的人生》（每日新聞社）。

一九七八年　昭和五十三年　五十五歲

四月，以《耶穌的生涯》獲國際達克·哈瑪紹爾特獎。七月，出版《基督的誕生》（新潮社），該年，義大利翻譯《耶穌的生涯》，波蘭翻譯《我·拋棄了的·女人》，英國翻譯《火山》出版。

一九七九年　昭和五十四年　五十六歲

二月，《基督的誕生》獲讀賣文學獎。為《山田長政》一書取材，前往泰國，同月返日。三月，搭伊莉莎白皇后號油輪訪大連，同月返日。四月，出版《槍與十字架》（中央公論社）。該年，獲日本藝術院獎。

一九八〇年　昭和五十五年　五十七歲

四月，出版《武士》（新潮社）。五月，率劇團「樹座」赴紐約。九月，出版《作家的日記》（作品社）。十二月，出版《正午的惡魔》（新潮社）。《武士》獲野間文藝獎。

一九八一年　昭和五十六年　五十八歲

四月，出版《王國之道——山田長政》（平凡社）。六月，發表〈頒獎之夜〉（《海》）。該年獲選聘為藝術院會員。

一九八二年　昭和五十七年　五十九歲

一月，出版《女人的一生1》。三月，出版《女人的一生2》（朝日新聞社）。四月，英國翻譯《武士》出版。十一月，出版《冬之溫柔》（文化出版局）。

一九八三年　昭和五十八年　六十歲

四月，發表〈六十歲的男人〉（《群像》），出版《惡魔的午後》（講談社）。六月，出版《對我而言神是……》（光文社）。八月，出版《多讀書、多遊玩》（小學館）、

《遇見耶穌的女人們》（講談社）。

一九八四年　昭和五十九年　六十一歲

九月，出版《活生生的學校》（文藝春秋社）。英國翻譯出版短篇小說集（〈四十歲的男人〉等十篇）。

一九八五年　昭和六十年　六十二歲

四月，往英國、瑞典、芬蘭旅行，於倫敦某飯店偶遇格雷安・葛林，相談甚歡。六月，當選日本筆會第十任會長。赴美，往聖・克拉拉大學接受榮譽博士學位。七月，出版《我喜愛的小說》（新潮社）。十月，出版《追尋真正的我》（海龍社）。十二月，出版《宿敵》（上／下）（角川書店）。

一九八六年　昭和六十一年　六十三歲

一月，出版《心之夜想曲》（文藝春秋）。三月，出版《醜聞》（新潮社）。五月，率劇團「樹座」赴倫敦第二次海外公演，上演《蝴蝶夫人》。十一月八日，應台灣輔仁大學外語學院之邀蒞台，於「第一屆國際文學與宗教會議」中演講，同月十二日返日。《母親》、《影子》中譯本出版。

一九八七年　昭和六十二年　六十四歲

一月，辭去芥川獎評審委員工作。二月，出版《我想念的人》（講談社）。五月，遠赴美國，獲頒喬治大學的名譽博士學位，同月歸國。十月，應韓國文化院之邀訪韓，會晤作家尹興吉，同月歸國。十一月，攜妻參加「沉默」之舞台，長崎外海町的「沉默之碑」揭幕典禮，碑上刻有「主啊！人類是如此悲哀，大海卻異常蔚藍。」十二月，遷居目黑區中町，出版《像妖女般》（講談社）。該年，日本筆會會長改選，遠藤先生蟬連。加賀乙彥受洗時，遠藤當他的教父。

一九八八年　昭和六十三年　六十五歲

一月，於《讀賣新聞》連載以戰國新史料《武功夜話》為資料的戰國三部曲開端〈反逆〉，直到隔年二月。《武功夜話》於一九八七年由新人物往來社出版（全·四卷·補卷一），遠藤讀後，拜訪其舞台愛知縣江南市舊前野村，及附近木會川川筋眾的故鄉，此後，木會川便成為遠藤晚年中心眷戀之地。四月，與夫人同赴倫敦，同月歸國。六月，安岡章太郎受洗時，成為其教父。八月，以日本筆會會長身分出席國際筆會的漢城大會，九月歸國。十一月，夫妻一同參加於《反逆》登場的遠藤母親之遠祖（戰國竹井一族）的出生地──岡山縣小田郡美星町（中世夢原）──「血之故鄉」石碑的揭幕典禮。英國彼得歐文出版社出版《醜聞》。

一九八九年　昭和六十四年・平成元年　六十六歲

四月，辭去日本筆會會長。前往北琵琶湖清水谷及小谷城尋找歷史小說的題材，「湖北之春」銘記心中。十二月，父常久過世（九十三歲）。雖一直無法原諒拋棄母親的父親，但最後還是體諒父親的孤獨，前往探視。這一年，提倡「回應老人所需的老人志工」，成立「銀之會」志工團。英國彼得歐文出版社出版《留學》。

一九九〇年　平成二年　六十七歲

二月，為新長篇作品取材，遠赴印度，在德里的國立博物館看到查姆達像，前去Benares取材，同月回國。七月，遷往目黑的花房山工作。八月，開始創作日記（歿後，出版《深河創作日記》）。九月，開始連載《男人的一生》。

一九九一年　平成三年　六十八歲

一月，擔任三田文學會理事長。五月，赴美參加約翰．凱洛爾大學舉辦的遠藤文學研究學會，同時獲頒名譽博士學位。與馬丁．史科西斯導演會晤，商討《沉默》拍片事宜，同月歸國。九月，天主教東京教區百週年紀念，於中央會館發表演說。十二月，赴台灣，獲頒輔仁大學名譽博士學位。

一九九二年　平成四年　六十九歲

九月，診斷出腎有問題，隔月入院檢查。

一九九三年　平成五年　七十歲

五月，住進順天堂大學醫院，接受腎臟病的腹膜透析手術。隨即展開三年半與病魔搏鬥的住出院生活。六月，新作長篇小說《深河》由講談社出版發行。出版時，克服心臟引發的危篤狀況，撫摸送至床邊的《深河》。十一月，松村禎三作曲的歌劇《深河》於生日劇場首演。

一九九四年　平成六年　七十一歲

一月，於《朝日新聞》連載最後的歷史小說〈女〉，直到十月，《深河》獲每日藝術獎。四月，英國彼得歐文出版社出版《深河》，是第十三部英譯版作品。隔月，《紐約時代》刊登橫跨二頁的書評、入圍INDEPENDENT新聞主辦之外國小說獎決選等，於世界各地獲得極高的評價。五月，原作《我．所拋棄的．女人》改編而成的音樂劇《別再哭泣》於音樂座公演。英國出版英譯版的《我．所拋棄的．女人》。

一九九五年　平成七年　七十二歲

一月，於《東京新聞》連載〈黑色揚羽蝶〉，因為健康不佳於三月二十五日停止連載。四月，再次住院。卸任三田文學會理事長。六月，出院。電影《深河》（熊井啟導演）殺青，遠藤觀看試片後哽咽不已。九月，因腦內出血住進順天堂大學醫院，之後，無法言語，藉緊握順子夫人之手傳達意思。十一月，獲頒文化勳章。

一九九六年　平成八年　七十三歲

四月，住院治療腎臟病。由腹膜透析換成血液透析。奇蹟式地好轉，其間口述筆記〈回憶佐藤朔老師〉成為絕筆之作。九月二十九日下午六點三十六分，因肺炎引起呼吸不順，逝世於醫院。臨走之際神色洋溢光采，握著順子夫人的手說道：「我已經走進光環中，見到母親及兄長，妳可以放心了。」十月二日，在佐麴町的教堂舉行告別式。彌撒司儀是井上洋治神父，由安岡章太郎、三浦朱門、熊井啟致悼辭。參加告別獻花的群眾多達四千人。靈柩中依其遺志置有《沉默》、《深河》兩部作品。遺骨葬在位於府中天主教墓園的遠藤家之墓，埋在母親與兄長之間。

一九九七年　平成九年

九月二十九日，近千位友人聚集於東京會館，舉行「遠藤周作先生追憶會」。十月，原作《我・所拋棄的・女人》電影版《愛》（熊井啟導演）殺青。

一九九八年　平成十年

四月，世田谷文學館舉辦「遠藤周作展」（六月結束）。七月，輕井澤高原文庫舉辦

「遠藤周作和輕井澤展」（九月結束）。

一九九九年　平成十一年

長崎縣外海町的遠藤周作文學館預定於這一年完工。

內容簡介

「我寫短篇小說往往是長篇小說的伏線，或者是長篇小說的試作。如果長篇小說是太陽，那麼它前後的短篇小說就是環繞太陽的幾個衛星。」遠藤周作如是言。本書所輯選的短篇小說，便是構成整個遠藤文學太陽系的點點繁星。

遠藤一生創作皆離不開宗教與人性的探索，本書亦不離此主軸。在描述不同主角與母親、父親之間的情感互動，以及夫婦、情人之間的關係牽絆中，將精湛出色的人物描寫與其對宗教信仰的情懷合而為一，帶出自父性中脫胎蛻變，轉移成尋求日本宗教「母性」本質的心路歷程，在多篇小說中均可看出作者之用心著墨。

遠藤曾經因肺病而度過一段長期住院的日子，這段與死神搏鬥的病中歲月亦被轉化為小說創作的養分。生病往往是人心最脆弱無助的時刻，也最能顯露出赤裸的人性，以此為基礎，遠藤的文字不僅糅合了自身經驗的實際描述，更在深入挖掘人性陰暗面的同時，不忘努力映照出人性的光明面，即使是在冰冷殘酷的醫院病房中，世間暖流始終會從各種艱難的夾縫中挹注，撫慰人心。

愛與病，世上最折磨人的兩樣東西，在這本短篇小說集中有了完整且多面向的體現，同時也是人心的照鏡，照出了慾望、貪婪、自私之惡，也映出了同情、理解、悲憫之善，這是遠藤周作向來關注且拿手的主題——探尋生之意義，透過作者沉著而犀利的筆鋒，挑動著讀者每一絲憂傷與感動。

各篇小說的主角與場景或許予人似曾相識之感，但聚焦主題卻截然不同，如同作者所言，是長篇小說的伏線或試作，亦可看出遠藤身為一位專業小說家，在取材與設定上是如何不斷嘗試諸多可能性，若稍加留意，便可窺見其長篇大作的創作軌跡。而做為一本短篇小說選輯，各獨立篇章之間看似纏繞實則無涉，看似無關卻又互為表裡，讀之更令人完全沉浸於遠藤的小說世界。

作者簡介

遠藤周作

近代日本文學大家。一九二三年生於東京，慶應大學法文系畢業，別號狐狸庵山人，曾先後獲芥川獎、谷崎潤一郎獎等多項日本文學大獎，一九九五年獲日本文化勳章。遠藤承襲了自夏目漱石、經芥川龍之介至崛辰雄一脈相傳的傳統，在近代日本文學中居承先啟後的地位。

生於東京、在中國大連度過童年的遠藤周作，於一九三三年隨離婚的母親回到日本；由於身體虛弱，使他在二次世界大戰期間未被徵召入伍，而進入慶應大學攻讀法國文學，並在一九五〇年成為日本戰後第一批留學生，前往法國里昂大學留學達二年之久。

回到日本之後，遠藤周作隨即展開了他的作家生涯。作品有以宗教信仰為主的，也有老少咸宜的通俗小說，著有《母親》、《影子》、《醜聞》、《海與毒藥》、《沉默》、《武士》、《深河》、《深河創作日記》等書。一九九六年九月辭世，享年七十三歲。

譯者簡介

林水福

日本國立東北大學文學博士。曾任輔仁大學外語學院院長、日本國立東北大學客座研究員、日本梅光女學院大學副教授、中國青年寫作協會理事長、中華民國日語教育學會理事長、台灣文學協會理事長、國立高雄第一科技大學副校長與外語學院院長、文建會（現文化部）派駐東京台北文化中心首任主任；現任南台科技大學應用日語系教授、國際芥川學會理事兼台灣分會會長、國際石川啄木學會理事兼台灣啄木學會理事長、日本文藝研究會理事。

著有《讚岐典侍日記之研究》（日文）、《他山之石》、《日本現代文學掃描》、《日本文學導讀》（聯合文學）、《源氏物語的女性》（三民書局）、《中外文學交流》（合著、中山學術文化基金會）、《源氏物語是什麼》（合著）、譯有《一握之砂 石川啄木短歌全集》（有鹿出版社）、遠藤周作《母親》、《影子》、《我・拋棄了的・女人》、《海與毒藥》、《醜聞》、《武士》、《沉默》、《深河》、《對我而言神是什麼？》、《深河創作日記》、《遠藤周作怪奇小說集》；井上靖《蒼狼》；新渡戶稻造《武士道》；谷崎潤一郎《細雪》（上下）、《痴人之愛》、《卍》、《鍵》、《夢浮橋》、《少將滋幹之母》、《瘋癲老人日記》；大江健三郎《飼育》（合譯、聯文）；與是永駿教授編《台灣現

代詩集》（收錄二十六位詩人作品）、《シリーヅ台湾現代詩ⅠⅡⅢ》（國書刊行會出版，收錄十位詩人作品）；與三木直大教授編《暗幕の形象—陳千武詩集》、《深淵—瘂弦詩集》、《越えられない歴史—林亨泰詩集》、《遙望の歌—張錯詩集》、《完全強壮レシぴ—焦桐詩集》、《鹿の哀しみ—許悔之詩集》、《契丹のバラ—席慕蓉詩集》、《乱—向陽詩集》；評論、散文、專欄散見各大報刊、雜誌。研究範疇以日本文學與日本文學翻譯為主，並將觸角延伸到台灣文學研究及散文創作。

文字校對

馬興國

中興大學社會系畢業；資深編輯。

責任編輯

王怡之

東吳大學中文系畢業；資深編輯。

大旗文化 閱讀卡

姓　名：

地　址：□□□

電　話：(　　)　　　　　　傳 真：(　　)

E-mail：

您購買的書名：______________________

購書書店：__________市（縣）______________書店

■您習慣以何種方式購書？

□逛書店 □劃撥郵購 □電話訂購 □傳真訂購 □銷售人員推薦
□團體訂購 □網路訂購 □讀書會 □演講活動 □其他______

■您從何處得知本書消息？

□書店 □報章雜誌 □廣播節目 □電視節目 □銷售人員推薦
□師友介紹 □廣告信函 □書訊 □網路 □其他________

■您的基本資料：

性別：□男 □女　婚姻：□已婚 □未婚　年齡：民國______年次

職業：□製造業 □銷售業 □金融業 □資訊業 □學生
□大眾傳播 □自由業 □服務業 □軍警 □公 □教 □家管
□其他______________________

教育程度：□高中以下 □專科 □大學 □研究所及以上

建議事項：

愛戀智慧 閱讀大師

廣告回信
北區郵政管理局登記證
北臺字8448號
免貼郵票

立緒文化事業有限公司 收

新北市 231

新店區中央六街62號一樓

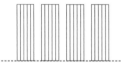

請沿虛線摺下裝訂，謝謝！

立緒文化 閱讀卡

感謝您購買立緒文化的書籍

為提供讀者更好的服務，現在填妥各項資訊，寄回閱讀卡（免貼郵票），或者歡迎上網至http://www.ncp.com.tw，加入立緒文化會員，即可收到最新書訊及不定期優惠訊息。

立緒文化事業有限公司　信用卡申購單

■信用卡資料

信用卡別（請勾選下列任何一種）

□VISA　□MASTER CARD　□JCB　□聯合信用卡

卡號：______________________

信用卡有效期限：________年________月

訂購總金額：______________________

持卡人簽名：______________________（與信用卡簽名同）

訂購日期：________年________月________日

所持信用卡銀行______________________

授權號碼：______________________（請勿填寫）

■訂購人姓名：______________________性別：□男□女

出生日期：________年________月________日

學歷：□大學以上□大專□高中職□國中

電話：______________________職業：______________________

寄書地址：□□□

____

■開立三聯式發票：□需要　□不需要（以下免填）

發票抬頭：______________________

統一編號：______________________

發票地址：______________________

■訂購書目：

書名：____________、______本。書名：____________、______本。

書名：____________、______本。書名：____________、______本。

書名：____________、______本。書名：____________、______本。

共________本，總金額______________________元。

⊙請詳細填寫後，影印放大傳真或郵寄至本公司，傳真電話：(02)2219-4998

國家圖書館出版品預行編目 (CIP) 資料

遠藤周作短篇小說集 / 遠藤周作著 ; 林水福譯 . --
初版 . – 新北市：立緒文化，民 105.08
面； 公分 . --（新世紀叢書）

ISBN 978-986-360-065-7（平裝）

861.57 105010787

遠藤周作短篇小說集

出版——立緒文化事業有限公司（於中華民國 84 年元月由郝碧蓮、鍾惠民創辦）
作者——遠藤周作
譯者——林水福

發行人——郝碧蓮
顧問——鍾惠民

地址——新北市新店區中央六街 62 號 1 樓
電話——(02)2219-2173
傳真——(02)2219-4998
E-mail Address——service@ncp.com.tw
網址——http://www.ncp.com.tw
Facebook 粉絲專頁——https://www.facebook.com/ncp231
劃撥帳號——1839142-0 號　立緒文化事業有限公司帳戶
行政院新聞局局版臺業字第 6426 號

總經銷——大和書報圖書股份有限公司
電話——(02)8990-2588
傳真——(02)2290-1658
地址——新北市新莊區五工五路 2 號
排版——菩薩蠻數位文化有限公司
印刷——祥新印刷股份有限公司

法律顧問——敦旭法律事務所吳展旭律師
版權所有 ・ 翻印必究
分類號碼——861.57
ISBN——978-986-360-065-7
出版日期——中華民國 105 年 8 月　初版　一刷 (1 ～ 1,800)

本書之全球中文版權由遠藤龍之介先生授權、林水福先生代理
立緒文化事業有限公司出版發行

定價◎ 350 元　立緒